LA COLLECTION

Du même auteur

Les Glorieuses Résurrections, Arléa, 2008

Chardin, la petite table de laque rouge, Arléa, 2012

Les Douces Choses, Arléa, 2022

Alice Dekker

LA COLLECTION

roman

arléa
16, rue de l'Odéon, 75006 Paris
www.arlea.fr

Collection “1er mille”
– Dirigée par Catherine Guillebaud –

EAN 9782363083852

À Augustine.

Jacoba et Frits Lugt, 1910

Le motif le plus caché de celui qui collectionne pourrait peut-être se circonscrire ainsi : il accepte d'engager le combat contre la dispersion. Le grand collectionneur, tout à fait à l'origine, est touché par la confusion et l'éparpillement des choses dans le monde.

Walter Benjamin

Père est mort cet après-midi.

Son grand corps de vieil Hollandais arthritique s'est écroulé d'un coup, place de l'Étoile, au milieu des oiseaux de Paris.

S'il a eu le temps de réaliser qu'il mourait le jour de l'anniversaire de Rembrandt, alors il sera parti dans un ultime éclair de joie. Mais pas de sa terre natale, dès lors qu'il avait élu l'autre pays, celui dont les Turenne et Condé réussirent un jour à faire plier le sien, enrayant à jamais sa prodigieuse activité artistique. Père estimait que cinq millions de tableaux avaient été produits durant notre Siècle d'or. De Leyde à Amsterdam, de Delft à Haarlem, de La Haye à Utrecht, les murs des demeures en étaient couverts. Et pour autant de tableaux, combien de dessins ?

Nulle rancune donc, dans le cœur de nos Père et Mère, lorsqu'ils choisirent de s'établir à Paris, près de trois siècles après « l'année désastreuse » et les traités de Nimègue, afin d'y devenir les honnêtes ambassadeurs de la gloire et des mérites de la Hollande. Une offre d'une rare noblesse au contraire. En y installant la fondation qui devait protéger leur collection et en y créant l'Institut néerlandais, ils ambitionnaient d'édifier une réconciliation, ou pour le moins un trait d'union, entre deux cultures qui n'auraient jamais dû rivaliser.

Depuis le départ de Mère, son quotidien était resté parfaitement réglé. La rigueur et la méthode ont toujours été un contrepoids nécessaire aux fulgurances de sa sensibilité. Claar avait préféré ne pas repartir, pris ses habitudes près de lui, mais elle ne le voyait guère. Il continuait de se lever tôt, de soigner sa prestance, d'aller marcher un peu avant de revenir prendre son petit déjeuner. À huit heures au plus tard, il passait le porche de l'Hôtel Turgot où jusqu'au soir il régentait ses collaborateurs. Il rentrait s'attabler devant un dîner frugal qu'il faisait suivre d'un cigare, puis s'enfermait dans son bureau deux heures encore pour répondre à son courrier. Tempo militaire. Constance rassurante. Seule Mère parvenait à apporter un peu d'indiscipline à ce qui n'était pas une routine mais une exigence. L'exigence sans laquelle Frits Lugt ne serait pas devenu le grand connaisseur des arts flamands et hollandais, le fameux collectionneur.

Depuis le départ de Mère, chaque jour en vérité était pour lui une lutte. Car comment continuer sans elle ? Comment se passer d'une telle « coéquipière », d'un tel soutien ? Le duo qu'ils ont formé durant près de soixante ans m'est toujours resté impénétrable. Ajustés dans un équilibre rare, entre modération extrême et fanatisme, ils contenaient leur tendresse devant quiconque et pourtant leur connivence était éclatante. Admirable coalition.

Ces derniers temps, Père avait confié à Claar que la collection leur était comme un enfant. Je jurerais qu'ils y voyaient même leur plus belle réussite. Assurément leur grand œuvre. Un infatigable défi qui les a mêlés tout à fait jusqu'au dernier instant et scellé leur union de la meilleure des manières. Finalement bien davantage que les deux garçons et trois filles qui en étaient nés.

Père est mort cet après-midi. Il sera incinéré dans trois jours à Westerveld. La cérémonie sera intime et silencieuse, on n'y prononcera aucun discours. Et il rejoindra ceux qui l'ont précédé.

Une vie s'arrête. Mais une des plus grandes collections du monde demeure.

Le point de rosée

C'était arrivé par un jour de grand vent. Un de ces jours où les nuages se hâtent dans un ciel à la van Ruisdael, où les vagues perdent le nord.

Mère et Opa Klever avaient atteint à cheval la longue plage de Bloemendaal. Ils aimaient y galoper, elle près de lui. Pour la gagner, il fallait contourner de vastes étendues de pâtures encadrées de ruisseaux, traverser des orées de pins, au sol souple, aux effluves résineux et salins. De digue en dune, chez nous les paysages se sont laissé dessiner au fil des siècles par une savante plume humaine pour que la mer ne les noie pas.

Notre grand-père l'avait initiée très tôt à l'équitation ; lui-même était un fervent cavalier. Il présidait d'ailleurs le Club du manège d'Hilversum, où il possédait une grande maison dans le quartier cossu. Depuis la création de la ligne de chemin de fer, de nombreux notables d'Amsterdam y avaient pris leurs quartiers.

Ils étaient proches, comme un père et sa fille pouvaient l'être dans cette société protestante à laquelle ils appartenaient. Toute de pudeur, de retenue, rigoureuse et courageuse. Ambitieuse aussi. Opa Klever comptait parmi les huit associés de la Compagnie nationale du charbon. Un homme d'affaires, de flair, devenu très riche qui, né allemand, avait jugé bon de demander la nationalité néerlandaise.

Ils étaient d'autant plus proches que Rara, notre grand-mère, se montrait instable, tourmentée, difficile à vivre pour son époux comme pour sa fille. Elle se réfugiait régulièrement en Suisse ; les Alpes lui faisaient du bien.

Il se disait que cet après-midi-là, Opa Klever voulut rentrer tandis que Mère souhaitait poursuivre l'équipée. Qu'il trotta jusqu'à un jeune cavalier qu'ils venaient de croiser sur la plage, leur faisant bonne impression, et lui demanda d'être assez aimable pour raccompagner sa fille, un peu plus tard. On se présenta en laissant aller sa monture, épaule contre épaule, de l'eau jusqu'au jarret ; Opa s'éloigna et la conversation s'engagea.

Grand, fin, des cheveux roux sous la casquette de tweed, des yeux qui vous percent, un sourire agréable, le jeune cavalier était aussi élégant que courtois. Oma Lugt y veillait. Et déjà il menait une vie peu ordinaire. Depuis dix ans il parcourait l'Europe entière, courait de train en bateau, de salle des ventes en musée, de collectionneur en expert. Il rapportait à Amsterdam, chez Frederik Muller et Compagnie dont il était l'employé, des centaines de pages de notes, qui nourrissaient ses connaissances, enrichissaient les présentations de ses catalogues. Il négociait parfois des transactions. Des merveilles lui passaient entre les mains.

Mère avait-elle visité, en 1898 à l'occasion du couronnement de Wilhelmina, l'exposition consacrée à Rembrandt, la première, la fameuse ? L'événement avait été pour lui un éblouissement total. Comme le révélateur qui en photographie fait soudainement apparaître la vérité d'une image. Plus qu'un foudroiement : l'évidence. Et il mesurait sa chance d'avoir trouvé si tôt le sens de sa vie. D'autant que cette chance était double, même si son inclination précoce pour le rare et le beau ne pouvait avoir échappé à ses parents. Ils l'avaient déjà décelée dans sa manie de collectionner et de répertorier les moindres de ses trésors d'enfant : une pierre ronde et lisse, une vieille pièce d'argent, un insolite petit squelette animalier. Ses chers parents l'avaient donc laissé faire du cabinet des dessins et estampes du Rijksmuseum le lieu de toutes ses récréations. Ses très chers parents avaient surtout accepté qu'il quittât l'école pour entrer dans cette maison prestigieuse qu'était Muller et Compagnie. Mais à présent ils s'inquiétaient de le voir autant travailler, se contenter de deux harengs avalés à la hâte au bord du canal. Ils craignaient pour sa santé, et trouvaient peu normal, à vingt-six ans, de ne pas rencontrer davantage de jeunes gens de son âge, pour sortir avec eux et prendre du bon temps.

Nos grands-parents Lugt seraient bientôt rassurés : leur Frits ne terminerait pas vieux garçon, blanc-bec voûté à force de se pencher sur des archives, bigleux à trop poser son nez sur des détails.

Jacoba, qu'ils appelleraient To comme tout le monde, saurait bien le détourner de son Rembrandt, de ses eaux-fortes et de ses catalogues. Ils adoptèrent immédiatement cette grande jeune femme mieux que jolie puisque distinguée et souriante, sincère et attachante, qu'ils aimeraient comme la fille qu'ils avaient perdue.

Une photographie les montre s'apprêtant à monter dans une calèche pour s'acheminer en cortège de la propriété des Klever à l'hôtel de ville d'Hilversum, le 15 décembre 1910. Les demoiselles d'honneur, la taille serrée, portent d'immenses chapeaux encombrés de voiles ; on en devine à peine les visages. Les domestiques y sont aussi, bien en rang, admiratifs de la seule enfant de la maison si radieuse en ce jour de fête, émus de son soudain épanouissement.

Si Mère n'avait jamais vraiment reçu d'affection de Rara, elle en connaissait la raison, et cela ne compensait rien. Sa sœur jumelle Adèle était morte trois semaines à peine après leur naissance, et dans sa peur de perdre cette seule survivante à des couches ténébreuses, Rara, répondant à un instinct spécieux, s'interdit d'emblée de s'attacher à elle. Elle reporta tout sur l'autre, celle qui n'était plus, celle qui n'avait presque jamais été. Dans son cœur, dans son âme, l'absente tenait la première place.

Père aussi avait perdu sa sœur. Anna, son aînée, disparue quelques semaines après sa venue au monde. Mais si Mère était une jeune femme assez malheureuse en dépit du grand confort dans lequel elle évoluait, en tout cas très seule, l'adoration que lui portaient ses parents le comblait, lui, jusqu'à l'étouffement.

De ces deux enfants fantômes qui leur tournaient sans cesse autour et hantaient leurs jours depuis le premier, Père et Mère avaient parlé dès leur rencontre sur la plage de Bloemendaal. Portés par une confiance singulière, inédite, mutuellement libérés d'être enfin compris, ils en avaient parlé comme jamais avec quiconque, pour finir par se demander si le prix de leur vie, à l'un comme à l'autre, n'était pas précisément la mort de leurs sœurs. Pour se convaincre que ce ne devait pas être un sujet. Pour enfin se promettre de ne pas s'empoisonner l'esprit avec une telle question. Ou bien alors, s'il s'agissait vraiment de cela, se destiner à vivre pour deux, à vivre pleinement : ce monde donnait à voir tant de beauté.

Il faudrait plus qu'un mariage, aussi heureux fût-il, pour détourner Frits Lugt de son Rembrandt, de ses eaux-fortes et de ses catalogues. D'ailleurs, Mère n'a jamais cherché à le faire, fidèle à son serment intime, à sa promesse originelle de le soutenir infailliblement, et de l'encourager toujours, avec la complicité d'Opa Klever, qui se fia sans réserve à l'instinct de son gendre, au point d'en financer bien des acquisitions. En devenant Madame Frits Lugt, elle savait qu'elle épousait aussi l'art, qu'elle devrait y adhérer sans réserve, qu'en être peu ou prou jalouse l'eut conduite à sa propre perte, immanquablement.

Fondée en 1849, Frederik Muller et Compagnie était l'une des plus grandes maisons de ventes publiques d'Europe. Aux marches du XXe siècle, quelques-unes remarquables lui avaient permis de renforcer sa bonne renommée mais aussi son assise financière. Anton Mensing, son dirigeant, un vague cousin des Lugt, ne pouvait disconvenir que Père jouait un rôle de premier plan dans cette prospérité. En dix ans, il avait eu le temps de se faire la main. Et l'œil.

Les catalogues qu'il rédigeait, solidement documentés, faisaient figure d'exemple. Il était un travailleur forcené, ardent à la besogne. Un mystère aussi. Son sens de l'observation auquel rien n'échappait, sa mémoire visuelle dont rien ne fuyait, son goût, se montraient incroyablement sûrs et défiaient toutes les formations académiques. Il surprenait son monde par son intuition. Ainsi lorsqu'il vit en Jongkind le dernier grand paysagiste néerlandais et le précurseur de l'impressionnisme nordique.

Je veux croire que Père était un garçon aimable, loin de l'homme froid et impénétrable, l'homme *obsédé* qu'il serait plus tard. Je veux croire en l'aménité de son tempérament d'alors, au reste nécessaire pour approcher les plus grands experts, les collectionneurs les mieux pourvus, les vendeurs les plus intraitables, pour installer avec eux des relations profitables. Le Hollandais a par nature un sens aigu du commerce, mais Père avait par surcroît, et il l'avait déjà, une sensibilité artistique hors du commun.

Mensing l'avait bien compris qui au moment du mariage de son employé lui proposa de devenir son associé. Dès lors il pourrait acheter et vendre peintures, dessins, gravures et antiquités, et signer des transactions à hauteur de deux cent cinquante mille florins. Une somme considérable. D'un salaire modeste, le revenu de Père passait à un tiers de ce que toucherait l'entreprise, de quoi soutenir aisément les débuts du jeune ménage. Cependant toutes ses trouvailles reviendraient à Muller et Compagnie. Sans exception.

Comme l'incomparable *Nature morte au nautile* peinte par Willem Kalf, qu'il allait convaincre un marchand parisien de lui céder lors d'une halte vers leur voyage de noces en Afrique du Nord.

Si elle ne l'avait pas encore pesé, Mère considérerait en un instant l'empire qu'une œuvre d'art pouvait avoir sur lui. Il est même probable qu'elle en fut effrayée… Car tandis que sortant de chez le vendeur, affaire faite, ils s'étaient assis tous deux à la terrasse d'un café, elle le vit soudain, les coudes sur la table, prendre sa tête entre ses grandes mains, le regard perdu, désemparé à l'idée que la splendeur du tableau allait lui échapper.

Toute sa vie Père espéra pouvoir à nouveau s'en porter acquéreur, mais l'occasion ne se présenta plus. Jusqu'au dernier jour il songerait à cette toile dans laquelle l'artiste avait rassemblé les symboles de l'âge d'or hollandais : le coquillage monté en coupe sur un entablement de marbre, le bol Ming dont le couvercle était posé en équilibre, le grand verre en cristal taillé, le plateau d'argent ouvragé, la tapisserie persane, le citron à la pelure pendante et le vin dont la saveur déjà s'altérait. Son œil sensible en regretterait définitivement la puissance chromatique et l'exaltante vérité.

Car lorsqu'on est conquis par une œuvre d'art, on en reste amoureux pour toujours.

D'aucuns y dénonceraient un privilège injustement consenti par le destin, d'autres une forme d'écueil, allant peut-être jusqu'à y voir, tout bien considéré, une possible déficience. Mais dès lors que je m'exclus, il faut reconnaître que la seule adversité à laquelle Père et Mère ont eu à faire face dans leur existence commune, les seuls combats qu'ils ont choisi de livrer ensemble, étaient d'ordre artistique. En tout cas avaient-ils à voir avec l'art.

Même la Première Guerre mondiale, qui saccagea tant d'hommes, meurtrit tant de familles, dévasta tant de cœurs, les épargnerait pour les renvoyer à un temps de bouleversements providentiels. Pas de sang, pas de pleurs, nulle peur, mais des rencontres essentielles, des opportunités fondatrices.

En ce début des années 1910, les affaires de la maison Muller s'avéraient prospères. Dans ses amples locaux de Doelenstraat, elle organisait des ventes de tableaux et dessins, anciens comme modernes, qui faisaient se tourner vers elle l'attention du monde entier. Outre celles des grandes figures des arts flamands et hollandais du XVIIe siècle, des œuvres de nouveaux artistes passaient sous son marteau pour s'échanger contre des sommes jamais atteintes. Grâce à elle, Cézanne, van Gogh, Gauguin, Redon ou Renoir sortaient de l'obscurité et s'installaient pour longtemps dans la gloire. Grâce à Père également, dont la collaboration était féconde. Ses méthodes s'affirmaient, ses connaissances s'imposaient ; lui aussi commençait à se faire un nom.

Il emportait la considération de ses pairs qu'impressionnaient l'assurance et la détermination de cet homme si jeune encore ; il s'accoutumerait aussi bientôt aux devoirs de la paternité.

Mais dès qu'il avait été certain que Mère fut enceinte de mon frère, une longue période de questionnements, d'agitation, disons-le, une période de mal-être, commença pour elle. Des semaines, plusieurs mois à redouter que l'enfant ne survécût pas. Son état réveillait une angoisse probablement atavique. Qu'il lui fût impensable de s'en ouvrir à Rara, impensable de lui confesser qu'elle s'était convaincu qu'Adèle, sa sœur jumelle, venait prendre sa revanche, amplifiait ses appréhensions.

Trop peu rôdé aux tourments féminins, Père s'inquiétait au-delà du raisonnable. Il ne savait que dire, que faire, se reprochait le moindre de ses voyages, craignait surtout que les obsessions de To ne s'installent en elle durablement. Il cherchait des explications auprès d'Oma Lugt, qui l'invitait à prendre patience, arguait que la conception bousculait les pensées de bien des femmes, mais elle peinait à le rassurer. Et ses inquiétudes redoublèrent lorsque Mère délaissa leur foyer pour se réfugier à Hilversum, retrouver la maison de sa jeunesse, la familiarité de sa chambre d'enfance. Il s'affola à l'idée que l'harmonie naissante de leur ménage ne fût déjà en danger, que l'histoire familiale des Klever ne se répétât…

Jaap était pourtant venu au monde sans aucune complication et y trouva vite sa place, celle du cher premier, attendu et adoré de tous, celle de l'aîné que nos parents lui contesteraient plus tard. Et passé l'épreuve du feu, victorieuse de la mauvaise fée, Mère vivrait très tranquillement chacune de ses autres grossesses. Jamais plus d'ailleurs elle ne céderait à la moindre vulnérabilité. À en devenir presque indolente.

Lorsque la guerre éclata, et selon leur bon vieux principe, les Pays-Bas s'efforcèrent de rester neutres. Mais notre reine avait des liens de parenté avec le Kaiser, elle-même était mariée au prince allemand Heindrik zu Mecklenburg-Schwerin, une situation peu confortable, et pour ses sujets non plus. En raison de cette neutralité, les voyages des Néerlandais restaient en principe possibles dans toute l'Europe, pour peu que les lignes de chemin de fer et les ponts ne fussent pas bombardés. Les habitudes de Père eussent à peine été perturbées si le commerce, et plus encore celui des œuvres d'art, ne se trouvât pas sérieusement ralenti par le conflit.

Un soir de septembre, alors qu'une douceur inhabituelle endormait Amsterdam, Anton Mensing convoqua Père dans son bureau à fleur de canal. Il lui annonça sans détour qu'il mettait fin à leur association. La fructueuse collaboration tournait déjà court. Il prit la guerre pour prétexte, mais leurs relations s'étaient en vérité dégradées. Père se laissant de plus en plus accaparer par des projets personnels, la confiance s'était perdue.

Des bouleversements providentiels, disais-je. Encore fallait-il laisser passer le temps pour en convenir. Car d'abord sa rupture avec Mensing le contraria, extrêmement, et même le déçut. Il mesurait ce qu'il devait à ces quinze années d'expériences, ce que chaque jour de pratique des objets d'art lui apportait en savoir. Surtout, il avait désormais charge d'âmes, et Mère été habituée à un certain train de vie. Après Jaap, j'étais arrivé à mon tour. Le petit appartement van Baerlestraat qu'ils louaient depuis leur mariage, à deux pas du quartier des musées, du Concertgebouw et du Vondelpark, où tous les après-midi on nous emmenait prendre l'air et où assis dans un landau je guettais les cigognes, serait bientôt trop exigu pour une famille de quatre personnes. L'heure n'était pas à la vie de bohème. Comment élever honorablement des enfants sans moyens ? Opa Klever n'était jamais loin et tout disposé à apporter son aide, mais Père y rechignait au nom de sa dignité. Il n'y aurait que pour ne pas passer à côté de pièces onéreuses qu'il accepterait l'argent de son beau-père, et en s'engageant toujours à le rembourser.

Il dut pourtant se résoudre à tourner la page Muller. D'ailleurs il avait bel et bien engagé des projets, qui pouvaient avoir accaparé son esprit au point de parfois négliger son travail, et qui bientôt l'occuperaient totalement. Deux ouvrages, majeurs à ses yeux, et même fondamentaux : ses *Promenades avec Rembrandt dans et autour d'Amsterdam*, un petit livre original qu'il publierait avant la fin de la guerre, et son fameux catalogue des marques de collections.

Mais à présent qu'il était quitte de sa collaboration avec Frederik Muller et Compagnie, il se trouvait tout à fait libre d'acheter et de vendre ce qu'il voudrait.

Au printemps 1917, un collectionneur d'Arnhem vint le trouver pour lui proposer un lot de trente-trois dessins, trois peintures et trois bronzes italiens. Pour les lui acheter, Père emprunta à Opa Klever les quatre mille six cent dix florins demandés. Deux semaines plus tard, il revendait l'un des tableaux – un intérieur par Pieter de Hooch – pour cinq mille florins, puis un second – une marine de Bonaventura Peeters – pour mille quatre cents florins. Il se prouvait que, grâce à ses innombrables liaisons dans le monde de l'art, il n'aurait aucune difficulté à revendre, avec une plus-value, les pièces qui financeraient ce qu'il escompterait garder.

Père ne s'est jamais considéré comme un marchand d'art. Il était un collectionneur qui revendait afin de mieux acquérir. Et pour faire vivre les siens et poursuivre les voyages dans lesquels il entraîna Mère tout au long de leur vie, il monnayait son expertise.

La méthode ne fit pas défaut. Si tout ne fut pas simple, si la Seconde Guerre mondiale surtout mit la collection en danger, il la constitua avec autant d'émotion que d'âpreté. Et il la constitua avec Mère, pour laisser à leur mort plusieurs dizaines de milliers de dessins, gravures, tableaux, livres anciens et lettres manuscrites des plus grands artistes.

Opa Klever avait fini par faire construire une maison sur les hauts de Glion. Les séjours de Rara à l'Hôtel Bellevue, où elle croisait le maréchal français Joffre désormais au repos, s'étaient multipliés sans que son état s'améliorât, mais le Léman et les Dents du Midi lui étaient devenus un décor essentiel. Elle ne revenait plus qu'occasionnellement aux Pays-Bas.

La villa avait été simplement baptisée « Les Châtaigniers » en raison des beaux arbres qui bordaient la petite propriété. Un nom que l'accent de Rara rendait injustement affreux.

La vue qu'offraient les fenêtres du salon et des chambres était imprenable, et même quand une brume obscure flottait sur le lac, quand des nuages s'écrasaient contre les montagnes, le village de Glion, entre Montreux et Caux, était un lieu sans pareil. Au printemps en particulier. Les pentes s'y couvraient d'une cape blanche dès que s'épanouissaient des millions de narcisses sauvages et délicats. Le phénomène avait pris le nom poétique de « neige de mai ».

Depuis le début du siècle, une route permettait aux automobiles d'y monter, mais l'accès par le petit train restait bien plus charmant. À mesure qu'il grimpait, chacun se sentait quitter un monde pour un autre, et déjà respirer un air plus pur, puis une fois sorti de la gare, s'extasiait de l'environnement dont il allait être le privilégié, pour quelques jours ou quelques mois.

À Glion, on vivait plus doucement qu'ailleurs, sans mollesse ni lenteur, mais avec une adhésion conciliante à l'existence. Sans doute Rara y avait-elle trouvé un compromis avec ses tourments, un autre souffle.

Que nos grands-parents maternels mènent leur vie chacun de son côté ne nous avait jamais surpris ni questionnés. Les enfants prennent les situations comme elles se présentent, ainsi l'exil helvète de Rara. On nous enjoignait de lui écrire pour prendre de ses nouvelles sans que nous ne sachions vraiment de quoi elle souffrait.

À la différence de mon frère et de mes sœurs, et pour autant qu'elle m'intriguait, sa singulière

« maladie » ne m'effrayait pas. Elle était invisible, elle était mystérieuse, peut-être méchante, mais elle nous avait rapprochés, elle et moi, les souffrants. Car dès lors qu'il avait fallu admettre que je ne serais jamais un enfant tout à fait comme les autres, on m'avait moi aussi envoyé me reposer en Suisse. Désarmée, notre famille s'en était remise à la majesté des Alpes, la chargeant de nous aider tous deux à accepter nos défaillances : à Rara celles de ses nerfs et à moi celles de mes muscles.

Amsterdam, Arnhem, Cologne, Strasbourg, Bâle, Lausanne, un long voyage reste ancré dans mes souvenirs de petit garçon. Le plus long que je ne fis jamais. Père avait obtenu un rendez-vous avec un éminent pédiatre, puisqu'aucun médecin hollandais ne parvenait à identifier les maux qui étaient les miens, que cela en devenait désespérant.

Il expliqua : je n'avais pas cherché à marcher. C'était à se demander si mon cerveau me le commandait seulement. Alors on m'avait mis debout sur mes jambes, en me tenant sous les bras. On m'avait fait avancer, puis on m'avait lâché et j'étais tombé. Chaque nouvelle tentative avait produit le même résultat : tomber, et tomber encore. Au point qu'on n'avait plus essayé. Je grandissais, je grossissais ; oh, ça, je profitais ! Mais mes jambes ne me portaient pas. J'étais devenu l'enfant que l'on soulevait et que l'on déposait, l'enfant que l'on déplaçait.

Et celui qui attirait les oiseaux. Intrigués par mon immobilité, soupçonnant ma docilité, ils venaient se poser autour de moi dès qu'on me laissait quelque part, que je m'endormais béat sur des tapis de mousse ou de vergerette. Cela attendrissait Père, qui rêva longtemps de m'offrir le petit chardonneret de Fabritius, si humble et si émouvant. Mais il resterait accroché à sa cimaise du Mauritshuis.

Mère crut bon de préciser que j'étais un enfant très gai, toujours souriant, jamais dans la plainte et bien éveillé. Que mes attitudes, mes réactions la laissaient penser que j'étais doué d'une grande curiosité, peut-être d'une certaine intelligence. Mes yeux allèrent de Mère au spécialiste, du spécialiste à Père. Laissez-le en Suisse conclut le professeur. Grand air et lumière me pourvoiraient en vitamine D. Il ne fallait pas s'inquiéter mais s'armer de patience, tout rentrerait bientôt dans l'ordre. Juste un léger retard de croissance ; cela arrivait.

Ce fut la première d'innombrables escales en Suisse. Aux Châtaigniers ou dans des « instituts ». Car, disons-le, les humeurs sombres de Rara ne lui ont pas toujours permis de m'accueillir, ce que je ne prenais pas contre moi. Je sais que ma grand-mère m'affectionnait. Je sais même que, *in pectore*, elle me préférait à mes frère et sœurs. Et Adèle, la sœur jumelle de Mère, Adèle, l'une des deux enfants fantômes, ne m'a jamais été une rivale. Simplement Rara ne voulait pas m'entraîner dans sa tristesse submergeante et m'en rendre victime. La présence dans la maison du petit garçon si joyeux n'y changeait presque rien ; elle rompait à peine la torpeur de ses jours.

On ne m'envoyait pas en Suisse sans l'escorte de Madame Anatolia, la gouvernante russe que Père avait sortie de je ne sais où pour s'occuper de moi. En Hollande ou ailleurs, elle assurait mes soins – ma toilette et les massages censés soulager des contractures incessantes – et ma scolarité. Presque aussi énigmatique que Rara, plus jeune, plus belle, très belle, Madame Anatolia portait sur son visage toute la mélancolie du monde. Aux sous-entendus qu'il m'arrivait de saisir lors de ses conversations avec ma grand-mère, je comprenais qu'elle avait renoncé à un grand bonheur fauché par la révolution, un amour, une famille, peut-être même des enfants.

Ainsi, quand je ne séjournais pas dans des maisons de santé cafardeuses où malgré ma nature benoîte je m'ennuyais à mourir, tellement confus d'être l'inquiétude des miens, je demeurais entre ces deux âmes tristes, chacune en prise avec ses tempêtes secrètes, avec ses intimes tremblements. Ce que je préférais, et de loin.

Le catalogue des *Marques de collections de dessins et d'estampes* que Père publia en 1921 devint vite une référence dans le milieu des arts graphiques, comme le serait plus tard son *Répertoire des catalogues de ventes publiques.*

« Le Lugt » était une mine de six cents pages qui inventoriait plus de trois mille de ces petits paraphes, écrits ou estampillés, signant une appartenance ou une provenance et retraçant le parcours de toute œuvre remarquable sur papier. Pour chaque collectionneur étaient indiqués son nom, ses dates de vie et de mort, une brève biographie et une description de sa collection.

La plupart des marques étaient des monogrammes ou des initiales. La lettre M dans un cercle correspondait à Pierre-Jean Mariette, grand historien de l'art français, marchand et collectionneur du XVIIIe siècle, en qui Père voyait son maître absolu.

Si Opa Klever était toujours prompt à ouvrir son portefeuille, Opa Lugt apportait son aide par d'autres moyens. Pour le catalogue, Père l'envoya aux quatre coins de l'Europe à la recherche des informations manquantes ou valider celles qui présentaient un doute. Il le chargea aussi de relire les épreuves avec lui. Sans faire d'eux des compères, je crois que l'ouvrage les rapprocha.

Nonobstant la moustache et ses variantes qui étaient dans l'air du temps et auxquelles aucun homme n'osait contrevenir, nos deux grands-pères n'avaient guère de chose en commun, ce qui ne les empêchait pas de s'apprécier, et pas seulement lorsque l'envie les prenait de s'affronter au billard.

Fût-ce par gros temps, Opa Klever gardait immanquablement au cœur un fond de bonne humeur. Il prenait au sérieux les affaires en particulier et la vie en général, mais s'autorisait des loisirs dont la pratique expliquait son étonnante vitalité. Quand il ne montait pas à cheval, il chassait dans les forêts de la Veluwe. Et lorsqu'en Suisse il se lassait de ses mornes tête-à-tête avec Rara, il s'échappait pour pratiquer le ski ou s'essayer à l'alpinisme. Toutes ces activités lui valaient un hâle inaltérable qui contribuait au charme de ses soixante ans. Elles lui donnaient aussi un solide appétit : il se mettait à table avec plaisir, arrosait ses plats de vins fins et aucun de ses dîners n'aurait commencé sans son précieux cocktail.

Pour son ventre rebondi et ses mouvements lourds, Opa Lugt nous apparaissait presque comme son contraire : un homme « d'intérieur », réservé, à la pensée pesée, au geste raisonnable, qui réfrénait son allant presque par devoir. Opa Klever partageait nos jeux et nos rires, nous bordait et laissait, une fois qu'il nous savait endormis, des caramels et des bonbons à la réglisse sur nos tables de nuit que nous trouvions à notre réveil. Opa Lugt n'aurait jamais fait cela. Il restait bien plus distant. Finalement Père avait de qui tenir.

Et pourtant, malgré leurs différences de tempérament, nos grands-pères comme tous les hommes qui peuplaient notre enfance étaient ce que ne sont pas les Français ou les Britanniques, les Italiens ou les Slaves : ils étaient bel et bien d'authentiques Bataves. Loyal à la devise empruntée à Guillaume Ier d'Orange-Nassau, « Je maintiendrai », chacun d'eux assurément eut pu figurer dans un des majestueux portraits de groupe de Frans Hals, qu'il affichât cet air satisfait du service collectif ou les joues rougies par la chaleur de la bière. Les plastrons de soie noire, les grandes fraises immaculées et les cuissardes rutilantes avaient été remplacés par les costumes aux vestons cintrés, les faux cols et les bottines à boutons, l'épée par la canne, mais leur âme profonde demeurait inchangée, les us de leur vie domestique aussi. Même Opa Klever s'était coulé dans le moule et n'enviait rien aux plus véritables des Hollandais, héritiers de leurs ancêtres qui trouvèrent l'audace de dompter la folie des eaux, de braver la domination espagnole ou de s'aventurer sur les mers du monde pour donner de l'ampleur à leur commerce. Et eurent assez de génie pour devenir d'incomparables artistes.

Mesurés en tout, ils rejetaient autant les excès de la richesse et de la puissance que ceux de l'austérité et de la médiocrité. Durs à la tâche, ils estimaient juste de se divertir une fois le devoir accompli. Ils recherchaient généralement l'ordre – sans la contrainte –, le confort – sans le luxe –, aimaient la vie, y compris pour ce qu'elle offre de plus simple, mais craignaient Dieu.

En dépit de leur attachement à leur sol et à leur foyer, tous avaient aussi une prédisposition au départ, à la conquête. Et Père était bien fait de ce bois-là qui versa toujours dans les contentements du voyage.

Il faut dire qu'il y fut rodé très tôt. Attentifs à voir leur fils chéri se dégourdir et s'aguerrir, nos grands-parents Lugt s'étaient résolus à s'en séparer régulièrement, l'envoyant dès ses dix ans, seul et plusieurs semaines, en Suisse ou en Allemagne, en Belgique ou en France.

Je me l'imagine, avec ses culottes courtes, son petit bagage et son grand carton à dessin, se hisser dans le train et leur faire signe depuis la fenêtre, et sur le quai Oma renifler dans son mouchoir. Je me l'imagine et j'en suis envieux. Les lettres détaillées et illustrées de sa main qu'il n'oubliait pas de leur adresser depuis ses nouveaux horizons rassuraient leur décision douloureuse. Elles les confortaient aussi dans l'idée que leur Frits n'était pas un enfant comme les autres, mais une sorte d'enfant né adulte.

Avant qu'il n'entrât chez Frederik Muller et Compagnie, il passa une demi-année dans l'Angleterre en grand deuil de Victoria – il racontait que sur les étals des bouchers même la viande était crêpée de noir –, qu'il parcourut sur sa propre bicyclette, des lettres de recommandation plein les poches. Il frappait à la porte de quantité de châteaux et de manoirs, se présentant à des collectionneurs accueillants ou non et disposés ou pas à lui présenter leurs plus ou moins prestigieuses possessions. Et il avait à peine plus de vingt ans lorsqu'il fit son premier voyage en Afrique du Nord, le poursuivit en Égypte, descendit le Nil jusqu'à Memphis, visita tout ce qui pouvait l'être, en rapporta des centaines de photographies et de dessins. Le siècle ne faisait alors que commencer.

Ces périples initiatiques lui donnèrent d'emblée le goût du dépaysement, et qu'importe qu'il fût au prix de longs déplacements, car Père considéra toujours les heures de train et de bateau comme une parenthèse souhaitable, une incise salutaire dans une vie trop pleine : le temps du recueillement et de l'approfondissement. Celui de la délibération.

Les voyages firent aussi de lui ce qu'il était. Ils le mirent surtout sur la voie d'innombrables trésors.

La bougeotte, Opa Klever l'avait lui au surplus. Ses besoins d'escapade vinrent même le repiquer une fois entré dans son grand âge.

À demi retiré des affaires, il ne voulut rien concéder à la tranquillité facile de la vieillesse ni n'avait le caractère à se satisfaire d'un quotidien tout prêt à devenir à bien des égards lancinant. Aussi nous apprit-il un jour qu'il s'embarquerait bientôt à Rotterdam. Direction... Java! L'entreprise n'était peut-être pas raisonnable mais il monterait sur le bateau, et tant pis s'il mourait noyé ou au bout du monde. Inutile de chercher à l'en dissuader.

L'expédition allait le tenir éloigné plusieurs mois et les récits qu'il nous en ferait, pleins de détails fabuleux, nous captiveraient. Nous serions épatés d'avoir un grand-père aussi intrépide. Sur place il acheta une Hudson « à toit mou », loua les services d'un chauffeur et fit sur des pistes à peine sûres des centaines de kilomètres qui l'entraînèrent jusqu'à Sumatra. Il y sua comme jamais, y vit les arbres les plus grands de la Terre, mangea du lézard et du singe, admira de jolies petites danseuses aux seins nus et regretta qu'il fût trop tard pour avoir le temps d'y retourner.

Puis une fois passé l'agitation du retour, une fois remisés les complets de lin clair et le casque colonial, il sentit que cela n'avait au fond rien comblé. Plutôt saisissait-il que la mise en action constituait pour lui un viatique à la prolongation, une réponse humaine à cette finitude qui s'était mise à lui faire peur. Quelque chose en lui avait changé. Il était toujours aussi fringant, toujours aussi singulier, mais il s'égarait d'évidence dans les méandres de ses pensées. Je crois qu'il faisait l'expérience de l'angoisse.

S'il continuait de partir régulièrement à Glion visiter Rara, chacun savait que leur mariage ne s'arrangerait plus et s'en accommodait bon gré mal gré. Il lui fallut alors autre chose, il lui fallut davantage. Et que le temps qui lui restait à vivre tendît vers de nouvelles satisfactions, profondes, fiables.

Ces satisfactions, c'est un lieu qui allait les lui donner. Non pas au bout du monde mais au contraire tout proche. Un lieu qui l'attendait et ne demandait qu'à le réjouir comme un matin de printemps. Une propriété de plusieurs hectares, à Maartensdijk, dans la province d'Utrecht. Elle portait le nom de Rustenhoven, et personne, pas même Opa, n'y fut plus heureux que moi.

Saisie par l'hiver qui imposait patience au givre de l'aurore, prometteuse dans la renaissance voluptueuse d'avril, illuminée par de chauds soleils nordiques, et même mélancolique lorsqu'y tombaient les premières brumes d'automne, j'ai aimé Rustenhoven dans tous ses états et à chaque instant. Et Rustenhoven fut pour moi, pour nous tous, un paradis.

Dirk Slothouwer, un ami architecte de nos parents, prix de Rome, reçut carte blanche pour rénover de fond en comble le manoir qui en était la demeure principale, en deviendrait le cœur battant. Tout serait possible, Opa Klever ne compterait pas. Père y aurait ses bureaux, une bibliothèque, des salles pour abriter sa collection grandissante et toute sa documentation.

La propriété était suffisamment vaste pour qu'une autre maison y fût construite pour nous. Une belle maison de campagne, avec un toit en chaume comme cela se fait en Hollande. Et pour moi une chambre en rez-de-chaussée.

Il y avait trois fermes, un potager et une serre pour nourrir la maisonnée, des dépendances confortables pour loger le personnel du domaine et les assistants de Père. Madame Anatolia y possédait aussi son petit chez-soi. Il y avait un jardin d'agrément autour de chacune des deux maisons, un étang et des bois, où tous les oiseaux du monde venaient reprendre haleine, nicher, chanter.

Rustenhoven s'arpentait par un dédale de sentiers dessinés et arasés à mon intention. Car pour que ma mobilité ne dépendît plus ni de ma gouvernante ni de personne – j'étais devenu lourd comme un mort –, on m'avait équipé d'un fauteuil roulant que je menais moi-même et que j'appelais mon tapis volant.

C'est peu dire que le grand pédiatre de Lausanne n'avait pas été très sagace… Ma croissance n'en finissait pas de rattraper son retard. Au contraire, je me sentais parfois me fossiliser. Outre mes jambes, des crampes invalidantes gagnaient mon bassin. Ce secret m'humiliait ; je ne pouvais le partager qu'avec Madame Anatolia.

De trois ans mon aîné, Jaap était déjà un jeune homme athlétique. Je le regardais bouger, s'élancer pour patiner sur les canaux en janvier, ou bien l'été courir et se jeter dans les vagues quand on nous emmenait passer la journée à Scheveningen ou à Zandvoort. Ses membres fuselés, son visage, ses cheveux, dont la rousseur était un peu plus claire que celle de Père, doraient dès les premiers soleils. Il était beau, je me voyais laid. L'inertie avait fait de moi un gros garçon poupard au teint gris. J'aimais mon frère, il fallait que je n'en fusse pas jaloux. Au reste j'avais compris depuis longtemps que je devrais tenir l'amertume à distance pour ne pas être malheureux.

Et on continuait de s'extasier sur mon bon caractère, qui ne déméritait pas à mesure que mes infirmités me possédaient. On y voyait une grâce, un miracle. Mais que serais-je devenu si je n'avais pas fait de mon impuissance une bonté ? À quoi cela m'aurait-il servi de refuser ce corps-prison, cet « espace », restreint et irréparable, qui m'était définitivement dévolu ? À quoi cela m'aurait-il servi de le haïr ? Je n'en aurais jamais eu un autre. Impossible d'en sortir, de m'arracher à lui, de le déserter. Sauf par la gaieté, sauf pour la beauté.

Moi l'empêché, moi l'arrimé, j'avais décidé que je serais libre d'aimer, libre d'admirer. Et que je serais pleinement au monde, avec en moi un cœur vaillant et sincère.

En vérité la grâce, le miracle, c'était Rustenhoven, pour les enchantements que j'y trouvais. Les arbres, les rivières, les oiseaux dont je faisais mes amis, tout m'y était douceur, tout m'y était réconfort.

La grâce, le miracle, c'était aussi d'avoir les parents qui étaient les miens et qui mettaient sous mes yeux des traits de crayon et de plume, des rehauts de craie ou de gouache, des sanguines ou des peintures. Études préparatoires et croquis de voyage, scènes de genre et portraits, pastorales et natures mortes, ils avaient été la souffrance et la joie de leurs créateurs, et passant de main en main, supportant quantité d'aventures, traversé les siècles et se laissaient encore admirer.

Ce que je faisais, des heures entières, et tout mon saoul. Pour me sauver de moi.

De voyage en voyage, de jolies affaires se présentaient à Père. Il était en veine. Outre d'abondantes liquidités dont il veillait attentivement le cours des devises, il ne partait jamais sans glisser dans ses bagages quelques ouvrages à céder ou à troquer.

Égaré en fin de vente dans un lot de moindre qualité, un dessin de Rubens figurant une femme un plat sous le bras lui coûta seulement cent soixante-quinze florins. En Allemagne, où la situation financière était devenue catastrophique, les feuilles se ramassaient à la pelle, et pour des prix dérisoires. À Londres, il acheta plusieurs dessins de Rembrandt, ses premiers, dont l'*Intérieur avec Saskia au lit*. Il commença aussi à s'intéresser aux lettres d'artistes : lors de la vente de la collection de Sir Alfred Morrison, il en emporta deux écrites par le maître de Leyde à Constantijn Huygens, cette fois une folie à trois mille florins. À Florence, où il assista médusé au discours de Mussolini grimpé au balcon du Palazzo Vecchio orné d'étendards fascistes, il acheta près de cinq cents dessins au professeur Grassi, un éminent marchand, dont il garderait la trentaine la plus intéressante.

Puis il y eut Vienne, et il y eut Paris. De part et d'autre de l'Europe, les deux villes commenceraient d'être pour lui des destinations de prédilection, des capitales majeures.

À court d'argent, le gouvernement autrichien avait décidé de fusionner les collections de dessins et gravures de l'Albertina avec celle de la bibliothèque nationale, laquelle avait été constituée pour le prince Eugène de Savoie par Jean Mariette et son fils Pierre-Jean que Père vénérait. Il s'agissait dans un cas comme dans l'autre de dizaines de milliers de feuilles de grande qualité dont il faudrait vendre ou échanger les doublons. Père offrit ses services au comité de sélection et se trouva dès lors en position avantageuse pour mettre la main sur des pièces de choix. Les grands portfolios de cuir dans lesquels il rangeait méticuleusement ses trouvailles ne s'enrichirent jamais autant qu'à ce moment-là.

On ne le voyait plus. Il avait pris ses quartiers à l'Hôtel Sacher. Le palace connaissait une désaffection depuis la fin de la guerre mais son charme restait le même et son fameux dessert au chocolat y était, nous écrivait-il, toujours aussi délicieux. Il y donnait rendez-vous à des vieux princes désargentés contraints de se séparer de leurs derniers trésors en pleurant la fin de l'empire austro-hongrois. Ils obtenaient à peine sa pitié.

Tandis qu'au même moment on m'envoyait à Davos dans une maison de cure où mes habitudes étaient bien moins réjouissantes, à me morfondre entre une aspersion d'eau froide et une sieste méditative, je me répétais que dix heures de chemin de fer, douze au plus, nous séparaient. Mais personne ne venait.

Vienne et Paris donc. La réputation de son expertise s'était en quelques années répandue dans toute l'Europe. À tel point que le Louvre ne tarda pas à l'approcher et lui proposa de devenir officiellement son attaché temporaire, avec pour mission d'établir le catalogue de ses dessins hollandais et flamands. Père y vit un honneur, il accepta. Et puisqu'il était occupé à Vienne, son collaborateur Lucien Huteau le seconderait dans cette tâche colossale qui nécessitait de nombreux allers-retours en France.

Père aimait beaucoup Lucien, et nous aussi qui le considérions comme un membre de la famille. Il était assez gentil pour m'apprendre à parler le français et m'initier au jazz quand je revenais aux Pays-Bas et que son travail le laissait un peu tranquille.

Parce que notre reine avait permis au Kaiser de s'exiler au château de Huis Doorn, à quelques kilomètres de Rustenhoven, Opa Klever s'autorisait à jouer sa propre partition de la réconciliation européenne. Il accueillait régulièrement un jeune autrichien connu je ne sais comment, Oskar Schmidt, qui se remettait trop mal de ses longs mois dans les tranchées et de la défaite de l'Alliance. Martha, sa sœur pianiste, l'accompagnait souvent ; elle nous donnait des leçons de musique et des petits concerts. Oskar n'avait jamais vu la mer et il la découvrit à Scheveningen, déjà très en vogue au mitan des années 1920, avec ses cabines de plage, ses beautés bronzées et ses marchands de glace. Il dut d'ailleurs payer une amende parce que la bretelle tombante de son costume de bain trop grand pour lui dénudait indécemment son épaule.

Lucien aussi avait été mobilisé. Le seul nom des Éparges le rendait soudain muet et faisait rougir ses yeux, à nous mettre mal à l'aise. Et quand le dimanche après-midi, profitant d'une heure clémente pour s'asseoir au jardin et fumer un cigare, ils se mettaient tous à parler politique, qu'après deux ou trois genièvres les esprits s'échauffaient, j'étais toujours du côté de la France.

C'est à l'occasion d'un de ses séjours à Paris pour le Louvre que Père visita la prodigieuse collection hautement privée d'Edmond de Rothschild. Des années qu'il en rêvait. Pleine de merveilles, elle comptait surtout une paire de portraits peints par Rembrandt, en pied, grandeur nature, des portraits en pendants, parfaitement exceptionnels et nullement à vendre : ceux de Maerten Soolmans et sa femme Oopjen Coppit.

Il en parla avec tellement de véhémence à son retour que je donnais ces deux noms à un couple de merles au plumage aussi noir et brillant que les tenues des jeunes mariés d'Amsterdam qui bientôt ne me quitterait plus.

La collection se déployait sans cesse. Une étude d'arbres sur papier bleu par Hendrik Goltzius, un intérieur d'église par Saenredam, une vue de la Seine avec le Louvre et l'Hôtel de Nevers par Abraham de Verwer, il fallut trouver de la place : on décida d'agrandir le manoir. Et Père voulut marquer le coup, que soit posée avec cérémonie la première pierre de ce qui deviendrait le « salon ovale ». Il avait le sens des moments rares ; il lui fallait des célébrations.

De celle-ci en particulier il reste une photographie. Entre deux petits drapeaux des Pays-Bas, Claar, sous un chapeau cloche, empoigne la truelle, inquiète de la tâche dont on l'a chargée. Entourant Jaap, et bien que le rendu soit un peu flou, nos parents sont souriants, rieurs même. Els apparaît en avant-plan, ses beaux cheveux ondulés coulant sur ses épaules. Opa Klever se tient à droite et je suis devant lui sur mon tapis volant, un béret sur la tête, une couverture sur les jambes. Moi aussi je souris. Je souriais toujours.

À présent qu'il pouvait jouir de l'environnement idéal, des meilleures conditions pour conserver et répertorier ses acquisitions, consulter son abondante documentation – la presse spécialisée et les catalogues de ventes publiques arrivaient tous les jours par courrier du monde entier –, et mettre ses assistants au travail, tout en Père se canalisait, se tendait plus que jamais vers l'art.

Sensation et discernement se renvoyaient dos à dos dans son appréhension, sa pénétration de l'œuvre. Il disait que le sentiment était une première exigence, le savoir une simple recommandation. *Sentir.* Si sa vie devait se résumer à un seul verbe, ce serait celui-là.

Trouble, saisissement, et pourquoi pas extase, quelle que fut son émotion, y compris la plus vibrante, elle était invariablement contrôlée, maîtrisée. Et donc dissimulée. Tandis que ses yeux détaillaient tout, son visage ne montrait rien. Mère était la seule à deviner ce qui alors s'opérait de sa pupille à son cœur, survenait au-dedans de ce grand corps rigide et froid. Père voulait qu'il en fût ainsi : qu'elle sentît, avec lui, qu'elle sût, elle aussi. C'était là ce qui les liait. C'était là leur consentement.

Et entre eux notre place commençait de se perdre.

À l'école de Bilthoven où Hendrik, le chauffeur d'Opa Klever, conduisait mon frère et mes sœurs chaque matin, Claar fut punie. Lorsque le professeur demanda aux élèves le métier de leur père, elle répondit qu'elle ne savait pas ce que faisait le sien mais qu'il était constamment en voyage. En vérité ses activités nous restaient mystérieuses, inclassables. En tout cas elles l'accaparaient.

Je serais pourtant injuste de laisser croire que Père nous délaissait. S'il était rare, le temps qu'il décidait de nous consacrer comptait triple. Naturellement il fallait le suivre dans les musées, les expositions et les salles des ventes partout où nous allions en famille, cependant ce n'étaient pas les seuls moments que nous partagions. Il louait régulièrement un bateau quelques jours pour nous faire découvrir la Hollande par les canaux. S'il n'était pas à l'étranger, nous ne manquions presque jamais les festivités de la reine. Et lorsqu'Amsterdam accueillit les Jeux olympiques, il se débrouilla pour nous emmener assister à des épreuves.

Il cultivait par ailleurs un génie : chez nous les anniversaires étaient fêtés avec panache, et il en était toujours l'organisateur en chef. La fête qu'il conçut pour leurs douze ans et demi de mariage – moitié de vingt-cinq, quart de cinquante – dura deux jours.

Il y eut un récital de piano, puis un dîner dans le vestibule du manoir envahi de fleurs. Le lendemain nous eûmes les honneurs d'un grand goûter qu'il avait imaginé comme une fête foraine et pour lequel il alla jusqu'à emprunter les étals du marché de Maartensdijk.

Père nous écrivit les saynètes d'un théâtre d'ombres, les mit en scène, en dessina les décors, et nous les jouâmes fièrement devant un parterre d'invités. La première contait les aventures d'Opa Klever dans la province de Lampung à Sumatra ; la seconde le voyage d'un aéroplane qui se posait dans un royaume d'enfants.

Interpréter ses petites pièces deviendrait pour chaque fête un rituel, et nous y tenions. Il nous donna ainsi le goût de la comédie. Nous allions parfois au théâtre d'Utrecht, où un soir nous fîmes une entrée remarquée. Père m'avait hissé sur son épaule gauche, mes pauvres jambes pendant dans le vide, et nous descendîmes ainsi l'allée centrale pour gagner notre rang et nous asseoir à nos places. Au retour, Madame Anatolia me glissa à l'oreille que Nicolas II portait ainsi le tsarévitch. Je ne fus jamais aussi bien consolé d'être infirme.

Oui, je serais injuste d'insinuer qu'il nous faisait passer après la collection. Cela viendrait, mais plus tard, et au gré de multiples circonstances. Il savait nous donner de son précieux temps, et à moi plus qu'à tout autre.

Alors que Jaap, Claar et Els avaient repris l'école et que Mère se reposait après avoir accouché d'Irene, il m'emmena passer quelques jours à Wolfheze dans la Gueldre. En pleine nature et sans ma gouvernante. Juste lui et moi. Il avait pourtant beaucoup de travail ; les premières épreuves du catalogue du Louvre l'attendaient à Paris.

Je lui avais demandé d'emporter avec nous les livres d'oiseaux de Nicolaes Visscher, achetés lors de la vente de la bibliothèque d'un château de Silésie. J'aimais les regarder à ses côtés et qu'il m'en commentât les tracés et les teintes. Pour lui la manière primait sur l'aboutissement, autant que l'intention de l'artiste dans laquelle il savait toujours déceler quelque chose de sacré, une parenté avec le divin.

Mon état de santé avait sérieusement décliné. Après mes jambes et mes reins, c'était au tour de mes poumons d'être en peine. Je continuais à ne pas m'en plaindre, mais ce tête-à-tête le mit face à la réalité ; il en était plus triste que moi. Il espérait encore que l'immersion dans la douceur de la campagne, l'air inspirant de la forêt et les premières couleurs flamboyantes de l'automne me feraient du bien. Comme si, entre la Suisse et Rustenhoven, je n'étais pas suffisamment abreuvé des splendeurs de la Création.

Père ignorait que rien n'y pouvait plus, que je m'en étais fait une raison. Il ignorait aussi que chaque matin, je me portais sur mon tapis volant, jetais une couverture sur mes épaules et sortais pour contempler l'aube, la brume sur la lande, l'éveil des foulques.

Tandis que les hérons guettaient leur ration du jour, un poussin de poule d'eau, une petite anguille ou une innocente rainette, seul et serein, j'attendais le point de rosée, l'instant où tout s'embue.

Holland, Michigan

Il se disait qu'après mon départ rien ne fut plus pareil.

Que j'avais été celui autour duquel la famille se retrouvait, s'agrégeait, s'aimait. Et que la joie imprenable dans laquelle j'avais traversé la vie l'avait quittée pour s'envoler avec moi, le garçon qui s'était juré un jour qu'il ne serait pas malheureux.

Plutôt que de faire une jolie chose de leur chagrin, de sublimer ensemble la fatalité, plutôt que de préserver leur concorde et de la chérir, ils s'étaient tous désunis, dispersés, tels les éléments d'une collection dont on ne sait plus voir la singularité, la rareté, la grâce, et qu'on laisse pour compte.

Puis ils s'étaient mis à prendre des décisions plus ou moins folles, à engager leurs existences dans des tournants hasardeux. Comme si la patience et la raison les avaient quittés aussi. Comme si tout était permis, excusable, pour dépasser le deuil et continuer le chemin.

Mais là où j'étais, je ne pouvais plus rien pour eux.

Madame Anatolia s'était un matin fait conduire par Hendrik, le chauffeur d'Opa Klever, à la gare de Maartensdijk pour rejoindre Rotterdam. Elle y était montée sur un bateau en partance pour Odessa, toute résolue à se jeter à corps perdu dans le chaos russe qu'elle avait fui douze ans plus tôt.

Nos grands-pères aussi avaient perdu la tête.

Opa Lugt créa le premier la surprise en se remariant, moins d'un mois après la mort subite de notre si douce et discrète grand-mère, avec une femme aussi grosse que vilaine. Père s'abstint de tout commentaire. Un homme ne saurait rester seul concéda Mère dans un effort de compréhension.

Et il allait lui en falloir encore. Le couple Opa Klever-Rara, chancelant depuis toujours, acheva de s'effondrer. Opa fit en sorte que leur divorce fut rapidement prononcé tandis que Rara serait cantonnée à Glion pour le restant de ses jours.

Il se remaria lui aussi, avec Martha Schmidt, la pianiste autrichienne qui accompagnait parfois son frère Oskar à Maartensdijk, celui qui se baignait dans un costume de bain trop grand pour lui.

Dix années avaient suffi pour qu'Opa se lassât des délices de Rustenhoven. Mais toujours agité par une sorte d'urgence de vivre, il comptait trouver un dernier élan auprès de cette femme de quarante ans sa cadette, et qu'elle déminât ses tourments de vieil homme. Il l'avait rejointe à Vienne, ne donnerait bientôt plus de ses nouvelles, ou seulement pour échanger avec Père, en poste restante, des documents attestant qu'il était bel et bien le propriétaire de certaines pièces de la collection. Il pouvait certes les avoir financées, mais jusqu'alors son absolue confiance en son gendre les avait dispensés d'établir le moindre papier.

Les choses changeaient. L'autoportrait sur cuivre de Rembrandt, que Père s'était fait céder à prix d'or par une galerie parisienne et qui trônait dans le salon ovale de Rustenhoven, devint ainsi et très officiellement la propriété de Monsieur et Madame Klever-Schmidt. Et il ne fut pas le seul. Père mettrait le reste de sa vie à tenter de racheter tout ce qui lui échappait.

Au cœur de ces fracas, Mère restait solide. En vérité sa force se révélait à elle-même. Comme si le destin venait enfin lui donner l'occasion de vérifier qu'au contraire de Rara, elle pourrait tout affronter. Elle aurait jusqu'au bout l'élégance de se tenir droite, humble et digne, et quoi qu'on en dise, s'efforcerait d'être le pivot souriant de sa famille.

Non, elle ne serait pas de ces femmes prétendument modernes mais tellement influençables, et qui se perdaient si vite, celles de sa génération qui, aux Pays-Bas aussi, s'étaient réveillées différentes la guerre finie. Elle n'avait pas renoncé au corset, ne s'était pas fait couper les cheveux, mise à fumer, à revendiquer sa liberté. À quoi bon ? Un de ses fils avait quitté ce monde, elle acceptait qu'il en fût ainsi, et qu'il fût attendu ailleurs, pour continuer, qui sait, de faire le bien dont il était capable. Il n'y avait rien de plus à dire.

Le remariage d'Opa Klever, sa désertion de Rustenhoven, sa distance affective, tellement inattendue, la consternaient pour l'heure davantage. Et parce qu'elle restait la fille de ses parents, qu'elle avait encore besoin de voir venir à elle, bien qu'elle eut passé quarante ans, un ascendant attentif, par surcroît à celui de son Frits, elle se rapprocherait de Rara. Pour la première fois, elle allait avoir quelque chose à partager avec sa mère. Désormais, elle aussi aurait son enfant fantôme. Mais elle lui interdirait de la hanter.

Elle soupçonnait déjà que Père, lui, en se défendant de le dire ou de le montrer, ne s'en remettrait jamais tout à fait. Parce qu'il avait compris que je serais le seul à se départir de ses prérogatives, de sa vocation pour *sentir l'œuvre*, et que la part de cette éminence que j'emportais avec moi lui ferait définitivement défaut. Il attendrait donc plus encore son appui et saurait l'avoir.

Ils feraient corps. Ils poursuivraient tous deux ce qu'ils avaient engagé, continueraient d'élever ensemble la tour inébranlable qu'ils construisaient depuis vingt ans et dont ils étaient l'un et l'autre tantôt les briques, tantôt le ciment.

Peut-être la collection les consolerait-elle de m'avoir perdu. Elle serait en tout cas leur mutuelle allégeance.

La maison du Vivier, je ne l'ai connue que de mon ciel. 14-15 Lange Vijverberg, La Haye. Deux bâtisses en réalité, à l'architecture classique, très élégantes, immédiatement situées derrière le Binnenhof, avec vue sur le Mauritshuis et son reflet dans l'eau.

Père et Mère s'y installèrent après une longue période d'errance, une période difficile. Plusieurs années. Car pour ne plus rien devoir à Opa Klever, ils avaient décidé eux aussi, la mort dans l'âme, de quitter Rustenhoven. À charge de trouver des lieux pour se loger mais surtout pour héberger la collection, et l'immense documentation accumulée durant près de trente ans. Douloureuse affaire.

Je l'ai dit, les miens s'étaient désunis. Privés d'un véritable foyer, ils ne vivraient plus jamais ensemble, ne se retrouveraient que de temps en temps et en villégiature. Nos parents avaient fait le choix d'une organisation familiale qui – s'en rendaient-ils seulement compte ? –, tout en se prétendant provisoire, favoriserait leur éloignement.

Ils échouèrent d'abord au Bezuidenhout, y louèrent quelques mois trois pièces sans confort dans une pension-restaurant. La Haye était loin d'être une ville sinistre en ce début des années 1930. Au contraire. Elle était vibrante et gaie, suffisamment élégante à leur goût, avant-gardiste par bien des côtés, autant que riche de son passé historique et artistique. Pourtant ils peinaient à y trouver une véritable joie.

Après son service militaire à Amersfoort, Jaap avait migré en Angleterre et suivait des cours à l'université. Claar et Els étaient scolarisées à Hilversum et habitaient dans une famille vaguement amie de la nôtre, mais où l'affection était dûment économisée. Elles qui n'avaient rien connu d'autre que le doux bonheur du refuge sacré de Rustenhoven garderaient de cette obscure période – Els surtout – une forme de blessure. Quant à Irene, elle était régulièrement laissée à droite ou à gauche, dès lors que Mère accompagnait Père dans ses voyages. Difficile de ne pas imaginer que la félicité de leurs filles préoccupait peu nos parents… Disons que les pensées de Père étaient tournées vers d'autres soucis et que Mère a toujours pleinement embrassé les préoccupations de son époux.

Ils n'avaient plus qu'une obsession : sortir par le haut de leur situation. Et une solution suffisamment honorable allait bientôt se présenter.

En 1926, le grand historien de l'art Cornelis Hofstede de Groot avait fait don de ses abondants travaux et archives à l'État néerlandais, avec pour condition qu'ils profitent à la recherche et soient continûment complétés, enrichis, sous l'égide d'un spécialiste de la peinture hollandaise.

Il avait, lui aussi et bien avant Père, été un expert de Rembrandt. Au point qu'en 1898, et en dépit de sa personnalité taciturne, on l'avait chargé, à l'occasion du couronnement de Wilhelmina, d'élaborer la première exposition consacrée au maître de Leyde, celle-là même qui serait pour Père une révélation. Tombé de la gloire à l'oubli, de la fortune à l'indigence, le peintre venait d'être redécouvert. Le marché de l'art y voyait une chance pour des œuvres encore inconnues d'apparaître et pour la cote de l'artiste de remonter.

Les collections domestiques étaient pauvres et Hofstede de Groot avait dû se prévaloir de prêts étrangers. La reine Victoria ayant accepté de confier deux tableaux, le Kaiser et quelques amateurs parmi l'aristocratie d'Europe de l'Est suivirent. En six mois, il avait eu la garantie de réunir cent vingt-quatre peintures et plus de trois cent cinquante dessins. Un exploit.

Le Rijksmuseum accepta d'emblée de mettre quatre toiles à disposition : *La Ronde de nuit, Le Syndic de la guilde des drapiers, Isaac et Rebecca* et le macabre fragment de *La Leçon d'anatomie du docteur Deyman*. On ne s'était pas mis d'accord sur le prêt du *Portrait d'Elisabeth Bas* qui était alors le plus fameux tableau du peintre dans son pays, mais c'est l'accrochage de *La Ronde de nuit* qui allait surtout faire débat.

Pour accueillir l'événement, le Rijksmuseum avait été écarté au profit du Stedelijk dont les conditions d'éclairage étaient plus avantageuses. On prouverait enfin que le chef-d'œuvre donnait le meilleur de lui-même s'il bénéficiait d'une lumière venue de la gauche, alors qu'en son positionnement habituel de ridicules lucarnes échouaient à lui assurer toute sa superbe. Une semaine avant l'ouverture de l'exposition, *La Ronde de nuit* réencadrée fut enchâssée dans une caisse gigantesque et passée par la fenêtre pour être transportée d'un musée à l'autre par une trentaine d'hommes à pied.

Quarante-trois mille personnes avaient pu s'offrir le billet d'entrée fixé au prix exorbitant de deux florins cinquante quand la jeune reine demanda que l'exposition fût prolongée au-delà des deux mois prévus et pour trois jours, avec un prix ramené à vingt-cinq cents. Huit mille visiteurs supplémentaires purent ainsi s'y presser.

Hofstede de Groot avait eu son heure triomphale.

Mais lorsqu'il mourut prématurément en 1930, l'État néerlandais, qui avait accepté sa donation quatre ans plus tôt, ne sut qu'en faire. Dans cette situation à première vue complexe, Père décela une perspective pour sortir de la leur. En fusionnant les deux masses de travaux et d'archives, et pourquoi pas d'autres encore, ils pourraient bénéficier de l'obligation du gouvernement de veiller à la mise à jour de ceux d'Hofstede de Groot.

Sur son initiative, une institution fut alors spécialement créée et installée à La Haye : le RKD pour Rijksbureau voor Kunsthistorische Documentatie, autrement dit un centre de documentation dédié à l'histoire de l'art. Père mit à disposition les vingt mille catalogues de ventes publiques qu'il avait entrepris de répertorier, et soixante-quinze mille illustrations, en réalité des reproductions de tableaux et de feuilles. S'y adjoindraient une partie de sa bibliothèque, soit sept mille cinq cents livres, et ses séries de journaux et magazines consacrés aux arts en tous genres. Des centaines de mètres linéaires de savoir. Il imposa que tout fût stocké dans un lieu sûr, non inflammable et facilement accessible, et ses livres et magazines revêtus de son ex-libris ou au moins de ses initiales.

Les tableaux avaient été prêtés à différents musées du pays ; les livres anciens, dessins et gravures resteraient eux temporairement conservés dans des coffres-forts.

Son esprit en partie libéré, il pouvait poursuivre la mission que le Louvre lui avait confiée. Et pour plus de commodité, on délaissa finalement La Haye pour Paris.

Père et Mère se posèrent d'abord dans un petit appartement au dernier étage de l'Hôtel Saint-James ; ils iraient plus tard dans un autre, rue Vaneau. Irene partait avec eux, mais Claar et Els restaient aux Pays-Bas.

Les retrouvailles familiales seraient désormais rares et ponctuelles, et nimbées d'une nostalgie où on me donnerait toujours une place. En souvenir des temps heureux, Père continuerait d'organiser des petites fêtes, d'écrire des pièces de théâtre que joueraient ses filles, mais trop de choses avaient changé pour que l'enthousiasme fût le même.

Tout ce qui dès lors lui importait était de mener à son terme son *Inventaire général des dessins des écoles du Nord – Rembrandt, ses élèves, ses imitateurs, ses copistes,* troisième volume de ses travaux pour le musée parisien.

La publication coïncida avec son cinquantième anniversaire et il n'aurait pas pu rêver cadeau plus enthousiasmant. L'ouvrage, réalisé avec une indiscutable rigueur, le fit encore changer de dimension. Il devenait sans conteste l'un des plus grands spécialistes de son sujet et allait être appelé à partager ses connaissances à travers l'Europe entière, avant que les États-Unis ne le réclament à leur tour. Il serait l'invité d'innombrables conférences où il rencontrerait chaque fois un succès mérité.

Il faut dire qu'habité par le maître et son œuvre mirifique, il avait un don certain pour en parler et captiver son auditoire, le familiariser, à travers des mots simples et quantité d'illustrations qu'il embarquait dans ses bagages, aux techniques de l'artiste, à sa manière si particulière de dessiner et de peindre, ou à son talent sans pareil pour l'eau-forte. Disons-le, l'exercice le ravissait. Père à son meilleur. Père en majesté.

Sa collaboration avec le Louvre marqua une véritable étape dans ce que je n'oserais appeler sa « carrière » ; ce mot lui aurait fait horreur. D'ailleurs la France lui en fut si reconnaissante qu'elle lui décerna la Légion d'honneur. Ce à quoi, vexés d'avoir été doublés, les Pays-Bas répliquèrent en le nommant Officier de l'ordre d'Orange-Nassau.

Se sentait-il encore Néerlandais ou bien déjà un peu Français ? Car Père comme Mère commençaient d'avoir deux pays au cœur. Deux pays agités par des secousses politiques – en France, l'avènement des Croix-de-Feu et aux Pays-Bas, les premières velléités d'indépendance de nos colonies –, deux pays où les effets de la crise économique de 1929 sur le marché de l'art n'en finissaient pas de se faire sentir. Les amateurs en difficulté financière étaient nombreux, contraints de vendre ; les bonnes affaires foisonnaient. Mais Père et Mère étaient hélas de ceux-là depuis qu'Opa Klever avait fermé les robinets, et la part d'héritage touchée à la mort d'Oma Lugt assurait d'abord les dépens du quotidien… La prospérité de la collection avait marqué un coup d'arrêt. Et bien que Père répétât comme une antienne qu'« il ne s'agissait pas d'amasser mais de choisir », il apprenait à lutter contre ses frustrations.

D'autres mannes plus conséquentes allaient pourtant tomber du ciel. Nos deux grands-pères moururent à quelques mois d'intervalle. Opa Lugt, devenu grabataire, en juillet, et Opa Klever en novembre, d'un arrêt cardiaque. À croire que leurs remariages les avaient épuisés.

Des jours meilleurs se profilaient, y compris pour l'unité familiale et l'équilibre de mes sœurs. Les sommes touchées permirent à nos parents de se porter acquéreurs des deux ravissantes maisons en bordure du Vivier à La Haye, qui resteraient leur propriété jusqu'en 1956, lorsqu'ils s'installeraient définitivement à Paris. Ils chargèrent Dirk Slothouwer, leur ami architecte et décorateur qui avait su faire du manoir de Rustenhoven une maison si charmante, d'en conduire la restauration et les aménagements intérieurs. Rouge pompéien, vert mousse, gris perle, d'une pièce à l'autre, les couleurs furent choisies avec soin pour créer un ensemble harmonieux, mais aussi un écrin pour la collection.

Fin 1936, Père fut en mesure de revenir vers les différentes institutions auxquelles il l'avait confiée, et lorsque la nouvelle année commencerait, ses tableaux, dessins, gravures et livres anciens auraient gagné leur place dans la nouvelle demeure.

Mais avant cela, tous les miens se retrouvèrent enfin pour célébrer la Saint-Nicolas.

Adriaan Domis entra dans leur vie à cette même époque. La collection réunie, installée, il fallait veiller sur elle, particulièrement quand Père n'était pas à La Haye, ce qui ne manquait pas d'arriver. Il fallait aussi à Père un secrétaire, quelqu'un qui pût traiter son abondant courrier, le seconder en de multiples travaux, veiller à ses intérêts artistiques, et se rendre parfois à des ventes en son nom. Il fallait enfin quelqu'un pour diriger la maison, qui en eût les clés, y compris celles de la chambre forte, et supervisât le gardien qui habitait sur place. J'ignore dans quelles circonstances la rencontre s'était faite, mais Père avait donc décidé de faire confiance à Domis.

Jaap s'était marié. Marjorie, une Anglaise, lui avait donné une petite fille, Peggy-Ann. Ils s'étaient installés à Eindhoven où mon frère travaillait chez Philips, une entreprise florissante, pour laquelle il organisait les visites des partenaires étrangers. S'ils avaient été les plus riches et les plus lettrés d'Europe au XVIIe siècle, les habitants des Pays-Bas en étaient à présent les plus en avance. Presque tout le territoire était équipé de générateurs, et les aspirateurs, fers à repasser, plaques et fourneaux électriques désormais choses courantes dans les foyers. On écoutait aussi beaucoup la radio ; chaque maison ou presque avait son poste de diffusion.

À Columbus, dans l'Ohio, où elle avait suivi la famille belge dont elle s'occupait des enfants, Claar se familiarisait avec le même confort moderne. En 1939, Père et Mère songèrent fortement à faire leur premier voyage transatlantique pour aller la voir. En perspective de la Foire mondiale de New York dont Slothouwer avait conçu le pavillon des Pays-Bas, le projet se précisa. Pilotée par le directeur de l'Institut des arts de Detroit et un collectionneur new-yorkais de dessins de Rembrandt, une exposition qui se promettait remarquable serait associée à l'événement. Le voyage de trois ou quatre mois leur donnerait enfin l'occasion de découvrir les principaux musées américains, des collections privées, et puis Père pourrait y donner ses conférences. Cette perspective les mettait l'un et l'autre en joie.

Mais l'Allemagne envahit la Pologne, remettant en question tous leurs plans. On attendrait donc un peu.

Pour les Pays-Bas, Hitler nourrissait des ambitions aussi délirantes que sordides, et redoutant que la France et l'Angleterre n'y prennent pied avant lui, il en programma bientôt l'occupation.

Le 10 mai 1940, des parachutistes allemands furent largués autour de La Haye dans l'objectif de capturer la reine et sa famille, les membres du gouvernement et le haut commandement militaire. Des troupes d'élite rejointes par la 9e Panzerdivision s'emparèrent de Rotterdam, tandis qu'à l'est la ligne de défense inondable était prise d'assaut par des régiments SS. Totalement inexpérimentée – on allait payer cher nos cent cinquante ans de neutralité –, notre armée déposa les armes quatre jours plus tard.

Après avoir hésité, la famille royale était entretemps parvenue à fuir en Angleterre, avec les joyaux de la couronne et le gouvernement, d'où Wilhelmina fit une déclaration solennelle à la radio. Il ne s'agissait pas d'une fuite. Chacun devait comprendre qu'elle était partie pour organiser le combat contre le nazisme depuis un lieu sûr. Son peuple pouvait compter sur elle. *Oranje boven !*

Cette déclaration, les miens ne purent pas l'entendre. Ils étaient partis aussi, en laissant tout derrière eux. Et ce tout n'était pas rien : une double demeure parmi les plus belles du centre de La Haye, des meubles exceptionnels, des objets d'art en nombre, une collection hors du commun. Fallait-il avoir peur.

Père et Mère, avec Els et Irene, avaient retrouvé Jaap et sa famille aux Châtaigniers, chez Rara. Et entre la terreur qui avait en quelques semaines saisit les Pays-Bas et la quiétude de Glion, le fossé donnait le vertige.

Rara tenait bon. Elle marchait courageusement vers ses quatre-vingts ans, et malgré une âme torturée, malgré les affres d'un divorce que lui avait imposé Opa Klever par surcroît, elle était encore assez vaillante pour accueillir ses enfants, leur offrir l'hospitalité de sa maison.

Des années que la splendeur des Alpes lui faisait office de béquille, leur air pur de cordial. J'avais eu droit en mon temps au même traitement. Et aux beaux jours, lorsque les randonneurs redescendraient des cimes par des layons fleuris, le visage plein de lumière et le corps vivifié, ou en hiver, quand le lac en contrebas serait figé et qu'on y patinerait avec autant de candeur que sur les tableaux d'Avercamp, les réfugiés y trouveraient à coup sûr un réconfort aussi bienfaisant que celui dans lequel nous nous étions blottis elle et moi.

Finalement, si la collection n'était restée à La Haye, dans la maison du Vivier peut-être ouverte aux quatre vents, à la merci des bombardements et des plus vils appétits ou au contraire de mains qui n'auraient nulle conscience de son prodige, leur exil eut presque été doux.

Tout de même, elle ne quittait pas l'esprit de Père, qui correspondait activement avec Domis. Dieu seul savait comment la situation allait évoluer et combien de temps il faudrait rester à Glion, à attendre, à ne rien faire qui fut satisfaisant.

Un jour où il était plus inquiet qu'un autre, il décida soudain qu'il fallait sortir urgemment de Hollande tout ce qu'il serait possible. Son secrétaire reçut par télégramme ses ordres d'extraire les dessins et gravures des portfolios d'abord, de leur passe-partout ensuite, de les rassembler par plusieurs dizaines, en veillant bien aux formats, de les emballer très soigneusement et de les expédier en Suisse.

L'exercice n'avait rien de commode ; il était surtout extrêmement risqué. En l'espace d'un mois, Domis envoya pourtant près de soixante paquets de feuilles vers cinq adresses différentes : deux étaient celles de collectionneurs de confiance, l'un à Lausanne, l'autre à Bern, deux de banques, l'une à Montreux et l'autre également à Lausanne, et la dernière était celle des Châtaigniers.

Tout arriva sans encombre ni dommage six semaines plus tard, via la Belgique et la France. Quant aux feuilles trop grandes, trop fragiles ou particulièrement remarquables, Domis offrit de les mettre dans une valise et de les apporter lui-même à Glion par le train.

Évidemment Père ne pouvait que se féliciter de l'efficacité avec laquelle son secrétaire avait opéré, et surtout d'avoir mis une fraction de la collection en sécurité, même si d'innombrables choses aussi rares que précieuses demeuraient à La Haye. Un brin désœuvré, las des promenades dans les alpages, et repiqué par sa manie des inventaires, il se mit alors à établir des listes et des fiches de toutes leurs possessions. Une fiche pour chaque œuvre, qui y serait précisément qualifiée et décrite. Cela vaudrait pour celles qui étaient arrivées en Suisse comme pour celles restées là-bas et dont tous les détails habitaient sa mémoire. Cela vaudrait en réalité pour chaque meuble, chaque peinture, chaque cadre – il en avait accumulé plusieurs centaines, majoritairement du XVIIe siècle et tous plus exceptionnels les uns que les autres –, chaque livre ancien, dessin ou gravure. Père voulait des preuves, il voulait des traces. Le plus de traces possible. Toute la famille fut mobilisée à recopier les fiches – près de cinq mille – et puis tous les documents, les textes, les exposés des conférences, le matin aussitôt prêts, l'après-midi à l'ombre des châtaigniers, le soir encore, après dîner. Même Irene se mettait à la tâche. Une fois ceci fait, une copie fut envoyée dans plusieurs banques du pays et une dernière à Claar aux États-Unis. Personne jamais n'avait été si précautionneux.

D'autant que les nouvelles de Hollande étaient catastrophiques. Hitler venait de décider d'y installer un gouvernement civil avec à sa tête un commissaire du Reich, l'Autrichien Arthur Seyss-Inquart. L'ensemble des fonctionnaires travaillait désormais pour le régime nazi que devaient également contenter notre industrie et notre agriculture. Automobiles, camions, bus, bateaux, vêtements, chaussures, bétail, denrées alimentaires, tout revenait aux armées allemandes.

Certains de nos compatriotes pourtant ne regardaient pas la situation d'un œil si contrarié. Nous avions perdu, il faudrait bien s'y faire. Et après tout, il existait entre nos peuples un cousinage certain. Pour preuve, des milliers d'Allemands avaient trouvé asile chez nous depuis l'ascension d'Hitler qui s'étaient parfaitement fondus dans le paysage. Nous partagions bien moins avec les Français ou les Britanniques.

Les prémices des divisions à venir se faisaient déjà jour, entre ceux qui bientôt résisteraient par un moyen ou un autre, ceux qui, de lâcheté ou de peur, feraient le dos rond, et ceux enfin qui se montreraient complaisants, voire complices. De trente-trois mille adhérents en mai 1940, le NSB, le mouvement national-socialiste néerlandais, en compterait cinquante mille six mois plus tard.

Père ne s'est jamais mêlé de politique. Ni à cette époque ni plus tard. À peine si elle le concernait. Cependant il n'était guère tranquille. Le manuscrit de la biographie de Rembrandt écrite et illustrée de sa main durant son adolescence, ses innombrables dessins, des lettres par centaines… Père cherchait le sommeil en passant en revue la multitude de choses demeurées à La Haye qu'il avait élevées au rang de l'affect et qui risquaient d'être pillées ou déchiquetées par les bombes.

C'étaient les albums de photographies qui manquaient le plus à Mère. Celles de leur mariage, de leur voyage de noces, de nous, à Rustenhoven, à Zandvoort, de nos pièces de théâtre, d'Opa Klever avant qu'il ne l'abandonne… Père finit par dresser une liste d'objets à rassembler – une encore – et demanda à Domis de tenter une dernière expédition.

Mais jugeant trop hasardeux de s'en remettre aux services postaux à présent que l'Europe entière était en guerre, son secrétaire proposa de tenter un nouvel aller-retour jusqu'à Glion. Cette fois les autorités suisses refusèrent de lui accorder un visa. Père chercha à faire intervenir une relation pour apporter une solution à ce qu'il supposait n'être qu'un simple contretemps administratif quand il découvrit que Domis avait adhéré au NSB. Et de toute évidence, il s'accordait déjà à merveille avec l'occupant.

Quitter Glion, traverser le sud de la France libre encore, gagner Madrid dévastée par la guerre civile, puis Lisbonne.

Père avait compris que la situation à La Haye ne tarderait plus à lui échapper. Et poussé par un impératif intime de ne pas se soumettre aux circonstances, de tirer son avantage de ce qui se refusait, il n'attendrait pas d'apprendre en novembre, de Domis lui-même, la saisie de tous leurs biens par les nazis, pour ambitionner autre chose et de préférence ailleurs. Dans son esprit d'homme de mouvement, d'homme d'entêtement, l'idée de quitter l'Europe s'insinua pour finalement l'obséder.

Mère naturellement l'approuvait. Elle l'avait rejoint dans la perspective de laisser là Jaap, Marjorie et Peggy-Ann, de laisser là Rara, et loin d'eux la maison du Vivier, en se défendant de présager quoi que ce fût. Elle voyait elle aussi dans ce départ une manière de prendre la guerre à contre-pied. Juste se convaincre que cela n'avait rien de définitif, il serait toujours temps de revenir ; les choses pourraient s'arranger. Et puis Claar les attendait.

Sans doute le charme de la Suisse s'était-il affadi. Sans doute n'était-il pas si aisé de passer outre les troubles d'humeur de notre grand-mère, qu'altérait forcément cette invasion familiale, de se tolérer les uns les autres. Sans doute, à travers son choix d'une épouse qu'elle apprenait à connaître et qui se révélait aussi ordinaire qu'ennuyeuse, son fils aîné lui apparaissait-il décevant, un sentiment qui la gênait et auquel elle préférait se soustraire. Et puis elle savait bien que Père était depuis trop longtemps privé de saisissements artistiques, de jouissances esthétiques. Les majestés locales ne lui suffisaient plus, s'exalter lui manquait, tressaillir lui était vital. Il rêvait d'émerveillements : les États-Unis lui en promettaient.

L'ancien ambassadeur des Pays-Bas à Washington que Père avait connu à Paris leur procura tous les papiers nécessaires. Le *SS Maggallanes*, à bord duquel ils montèrent le 11 janvier 1941, jour de mon anniversaire, devait les amener à New York dix-huit jours plus tard.

Mes sœurs étaient de l'aventure ; Els n'attendait justement que de chavirer. Car si quelqu'un n'avait pas su profiter des agréments helvètes, c'était bien elle. Elle s'était au contraire doucement désenchantée, dévitalisée. De saison en saison, ses moyens l'avaient quittée un à un, sans faire de bruit, jusqu'à la placer au pied de l'évidence : toute joie éteinte, elle était devenue impuissante à faire face au moindre aléa de l'existence. Et taraudés par les méfaits d'Adriaan Domis, obnubilés par la perte de leurs affaires, nos parents n'avaient rien perçu de ses vacillements, ni entendu l'appel à l'aide dans ses silences.

Elle eut une première crise le lendemain du départ. Une crise de nerfs, d'angoisse, obscure, cruelle, qui fit venir une sueur collante à son front, à tout son corps pris de tremblements.

Père appela le médecin de bord, dont le traitement fut aussi radical que le diagnostic résigné : il la calma en la poussant sous une douche glacée. Le mal de mer pouvait avoir des effets inattendus, excessifs. Qu'on ne s'alarmât pas, cela lui passerait.

Les crises allaient pourtant se répéter tous les jours. Plus ou moins violentes, toujours inquiétantes. Et entre deux, Els se terrait dans un coin de sa cabine, muette, absente à elle-même. Au point que Père finit par juger préférable de ne pas rappeler le médecin et de tenir Els enfermée. Plus de lecture dans la bibliothèque, plus de promenade sur le pont, plus de dîner à la table du capitaine. Elle n'y eut de toute façon été qu'un fantôme.

En vérité Père commençait de redouter que les services d'immigration ne les refoulent au débarquement. Il savait bien que l'admission était refusée aux arrivants susceptibles d'être estimés comme des poids, voire des dangers, pour l'équilibre de l'économie ou celui de la société américaine, parmi eux les déments, et ceux qui souffraient d'une maladie contagieuse ou « détestable », comprendre les infections honteuses. On ne faisait pas de quartier. Aussi profitant d'une escale à La Havane, Père envoya un télégramme à Claar lui demandant de se rapprocher sans attendre du consul des Pays-Bas. Mieux valait se prévoir un appui. Car si Els était rejetée, toute la famille devrait faire demi-tour…

Mère, elle, réagissait curieusement. Elle se préservait de tous, Père compris. Cherchait-elle, par dignité ou par pudeur, à dissimuler ses préoccupations ? Ou à affronter ses remords ?

Elle passait ses journées dans le salon, enchaînait les tasses de thé qu'elle buvait brûlant, par petites gorgées, levant sa voilette du bout de ses doigts gantés, et remontait le fil des événements pour comprendre. Mais le pouvait-elle seulement, elle qui, par la fermeté de son caractère, n'avait jamais connu de souffrance qui dépassât les limites du chagrin ? Confondant la distance et l'indifférence, Els considérerait plus tard que non, notre Mère n'était pas sensiblement en mesure de la comprendre. D'ailleurs, à force de réflexions, de spéculations, d'élucubrations peut-être, Mère finit par tout mettre sur le compte de la pauvre Rara. L'explication lui apparut soudainement évidente, ou peut-être commode : à travers elle, les tourments de notre grand-mère s'étaient frayés un chemin jusqu'à Els, qui se révélaient à la faveur de l'intrication des circonstances. Il s'agissait d'atavisme, de rien d'autre. Et c'était tombé sur Els. Peut-être.

Au fond, cela n'eut avancé à rien de connaître la cause – pour peu qu'il y en eût une – de ce mal nerveux qui s'était emparé de notre sœur, de cette « maladie de la mélancolie » ainsi que van Gogh parlait de la sienne à son frère Théo ; cela ne l'eut pas aidée. Mais tout de même, cela interrogeait. Que s'était-il passé ? La cohabitation de Glion avait-elle été pour Els inconfortable, gênante ? Ou bien était-ce au contraire la perspective de quitter l'Europe qui insidieusement l'épouvantait ? Fallait-il chercher plus loin, du côté de l'isolement dans cette rude famille d'Hilversum où elle avait vécu plusieurs mois avec Claar après Rustenhoven ? Rustenhoven, dont la nostalgie la heurtait peut-être trop fortement, trop douloureusement ; nous y avions tous été si bien.

J'étais moi parti depuis exactement dix ans. Qui sait si l'attention qu'on m'avait donnée en mon temps ne lui faisait pas défaut, si elle ne s'était pas sentie, déjà, dédaignée par nos parents, alors que lorsqu'un enfant va mal dans une famille, il ne faudrait pas perdre les autres de vue, ceux qui ne se font pas remarquer, ceux qui ne demandent rien.

Justement, restait Irene. Elle avait assisté désemparée aux crises de sa sœur, et son jeune âge ne lui permettant pas encore d'appréhender les choses autrement qu'avec son cœur, elle en éprouvait une tristesse profonde. Surtout, elle adorait Els, qui depuis toujours compensait affectueusement et à bien des égards ce que Mère oubliait de donner. Qui prendrait soin d'elle maintenant ?...

L'approche de New York, la silhouette de la Liberté dans la brume, les grondements des sirènes, ils s'en souviendraient à peine ; l'appréhension gâcha tout. À leur débarquement à Ellis Island, ils eurent à subir le sort de chaque arrivant : le redoutable examen par les médecins du United States Public Health Service, que suivraient l'interrogatoire administratif et la possible quarantaine. Les hommes d'un côté, les femmes de l'autre. Els ne le supporta pas et fit une énième crise. Elle fut écartée de la ligne d'inspection, séparée de Mère et d'Irene, et emmenée rejoindre des dizaines de gens venus de partout, avec leur passé, leurs peines, et pour d'aucuns leurs espoirs d'une vie nouvelle qui déjà menaçaient de s'envoler. Des dizaines de gens possiblement atteints de « désordre mental ».

Mais en quelques heures Claar s'était démenée. La famille belge dont elle gardait les enfants avait de l'entregent, des relations. Elle batailla auprès du consul, prit argument des qualités de Père, de son abondant travail au service de l'histoire de l'art, jusqu'à ses titres dans les ordres de la Légion d'honneur et d'Orange-Nassau. Et puis enfin, c'était la guerre…

Les services d'immigration autorisèrent finalement les miens à franchir le sol américain. Mais avec obligation de faire soigner Els. Père n'eut pas d'autre choix que de demander son internement dans un hôpital psychiatrique, à Hartford dans le Connecticut. Elle y resta quinze mois.

La National Gallery of Art de Washington fut inaugurée le 17 mars 1941 par le président Roosevelt, en présence de huit mille personnes. Père et Mère trouvèrent moyen de s'y faire inviter.

Dessiné par l'architecte John Russell Pope dans le style néoclassique, le bâtiment incroyablement vaste et majestueux se composait d'un grand portique et d'un dôme qui s'inspirait du Panthéon de Rome. La cérémonie grandiose, animée par la fanfare de la Marine, se tenait dans les larges corridors qui distribuaient les salles d'exposition et aboutissaient à une rotonde où s'élevaient vingt-quatre colonnes de marbre vert. En son centre roucoulait une fontaine surmontée d'un Mercure en bronze de Jean Boulogne.

Financés par le mécène Andrew Mellon à hauteur de quinze millions de dollars, les travaux avaient duré quatre ans. Le musée présenterait sa propre collection de cent vingt-six peintures et vingt-six sculptures, mais aussi celle de l'entrepreneur Kress, essentiellement consacrée à l'art italien et composée, elle, de trois cent soixante-quinze peintures et dix-huit sculptures. Dans les deux cas, d'authentiques chefs-d'œuvre qui ne demandaient qu'à en attirer d'autres. La démesure américaine.

L'Homme en costume oriental et *Un Noble polonais* de Rembrandt, sa *Femme tenant une rose*, un de ses autoportraits, *La Fille au chapeau rouge* de Vermeer, *La Meuse à Dordrecht* par Cuyp, une *Cour hollandaise* par de Hooch, plusieurs Hals, des Hobbema, Mère était émue aux larmes de tous les voir là. Père, lui, emporté par une joie stupéfiante, riait aux éclats. Et c'était sans compter les Raphaël, Titien, Goya, Constable, ou Chardin, Chardin qui avait été le contemporain et l'intime de Pierre-Jean Mariette. On était entre amis.

Déjà Père revivait. Mère le sentait bien qui n'en demandait pas davantage. Avant Washington, ils avaient commencé par arpenter tous les musées et fondations new-yorkais. Irene inscrite dans un collège en Virginie, leurs valises posées dans un hôtel de Manhattan, ils n'étaient pas mécontents de se retrouver tête-à-tête, comme aux premières semaines de leur mariage, pour entamer cette improbable étape de leur existence.

Portés par leur curiosité naturelle, ils s'ouvraient à toutes les nouveautés. Les immeubles aux dimensions vertigineuses, l'empressement cadencé des piétons qui remontaient les artères, la brumaille pénétrante s'insinuant depuis l'Hudson, même pour eux qui avaient beaucoup voyagé, New York offrait mille fascinations et un dépaysement ensorcelant. Absolument tout y semblait possible, et laissait dans le même temps une étrange sensation d'éphémère, presque d'inutile.

Il avait suffi de quelques jours pour que Père retrouvât ses réflexes : découvrir et examiner des œuvres par le détail de leur technique autant que par les émotions qu'elles lui inspiraient ; rencontrer des marchands, et sans tabou parler valeur, parler argent ; discerner, exercer ses connaissances, préconiser, pour faire avancer la cause de l'art et gagner quelques centaines de dollars, car son expertise avait aussi un prix.

Il fit sa première conférence à l'Institut des beaux-arts de l'université de New York. Ce ne fut pas de Rembrandt mais de Rubens qu'il eut envie de parler. Rubens l'opulent, Rubens le voluptueux, Rubens le sybarite. Pour donner une leçon à ceux qui avaient voulu la guerre et un encouragement à ceux qui la subissaient. S'exprimer en anglais ne constituait absolument pas un obstacle pour lui. Il était tout autant capable de partager son savoir en allemand et en français. Et ainsi qu'il avait captivé ses auditoires en Europe, il allait subjuguer le public américain en lui racontant le Siècle d'or des Provinces-Unies comme nul autre pareil. Comme s'il en eut tout droit surgi.

Naturellement l'envie le reprit d'acquérir, de détenir, de posséder. Les tentations n'étaient pas rares. Le marché de l'art américain se montrait bien plus florissant qu'il ne s'y attendait. Et puis ces derniers mois, nombre d'immigrés européens, juifs notamment, avaient amené avec eux des trésors qu'ils devaient vendre un à un. Pour l'heure, c'était ici que les choses se passaient. Et dans la vitrine de la galerie Knoedler, une des étapes de ses déambulations quotidiennes, une œuvre qui n'y était pas la veille attira son œil une fin d'après-midi pour le pincer du côté du cœur, tel un amour perdu que l'on recroise sans plus l'espérer : une nature morte d'Abraham van Beijeren.

Il l'avait lui-même achetée des années auparavant. Aucun doute possible, il s'agissait bien d'elle. Et voilà qu'elle trônait là, presque incongrue. Voilà qu'elle l'éblouissait comme au premier jour.

Leur rupture dix ans plus tôt avait été brutale. Elle était partie pour Vienne dans les bagages d'Opa Klever. Il la regretta longtemps. Avec amertume, avec douleur même. Mais que faisait-elle donc à New York ?

Père entra et demanda son prix, beaucoup trop cher pour quelqu'un qui vivait dans l'incertitude de l'avenir et s'interdisait toute imprudence financière.

Puis il se figura qu'elle avait survécu à mille péripéties de part et d'autre de l'Atlantique pour finalement se trouver de nouveau sur sa route, là, devant lui. Ne fallait-il pas y voir le signe qu'elle lui était destinée ? Ne fallait-il pas y voir la preuve qu'elle lui était dévolue ?

Le parcours de la toile n'avait pourtant rien de romantique ni de rocambolesque. Rien d'original non plus en ces temps de guerre. Le marchand la tenait d'une dame fraîchement arrivée à New York, qui cherchait d'ailleurs à vendre de très jolies choses. Une Autrichienne. Une certaine Madame Klever-Schmidt.

Apprendre à perdre.

Bien que le courrier mît des semaines entre New York et les Pays-Bas, et surtout qu'il fût censuré, Père et Mère parvenaient tant bien que mal à s'informer de ce qu'il se passait à La Haye.

La maison du Vivier avait été dépouillée. Chacun savait qu'Hitler voulait ouvrir un musée à Linz, une ville chère à son cœur monstrueux, où seraient présentés œuvres et objets pillés dans l'Europe entière. Après tout, d'autres l'avaient fait avant lui. Il avait chargé le conservateur allemand Hans Posse de composer la collection du futur Führermuseum. Un certain Mühlmann le secondait pour les arts flamands et hollandais. La collection du marchand d'art juif Jacques Goudstikker, peut-être la plus exceptionnelle des Pays-Bas, venait d'être entièrement saisie.

Et Père apprit que Mühlmann avait « acheté » vingt-sept de ses tableaux. Posse ne tarderait pas à mettre la main dessus, si ce n'était déjà fait. Convaincu que sa sensibilité artistique l'emporterait sur d'hypothétiques idéaux politiques – on allait voir s'il était un honnête amoureux des arts –, Père fut assez naïf pour lui adresser un courrier, lui rappeler à quel point une collection était une entité à part entière, une œuvre en soi, et lui porter atteinte un sacrilège. Il ne reçut évidemment aucune réponse.

Domis quant à lui continuait de jouer l'ambiguïté. Il lui écrivait encore régulièrement, lui adressait des petits rapports pour tromper sa défiance. Que Père ne s'inquiétât pas. Il avait réussi à subtiliser quelques-uns de ses livres, des dessins, des meubles, des affaires personnelles, et les avait remisés dans sa propre maison ou chez des relations sûres. Les cadres lui avaient hélas échappé, mais il les savait entassés dans les caves du ministère de la Défense, ce qui était toujours mieux qu'en route pour Linz.

Son secrétaire chantait aussi à qui voulait l'entendre que l'éminent Frits Lugt, en fuite aux États-Unis, était un ennemi fieffé de l'Allemagne, assurément hostile à la victoire du Reich. Ce qui n'allait rien arranger.

Ainsi Martha la pianiste, la seconde épouse d'Opa Klever, celle qui lui avait fait perdre la tête, se trouvait à New York.

La nouvelle les sidéra. C'était bien la dernière chose à laquelle ils s'attendaient. Ils n'avaient aucune envie de la revoir et dès lors firent en sorte d'éviter la galerie Knoedler. À regret car elle était la plus ancienne et de loin la plus réputée des États-Unis. Ils ne voulaient pas non plus que Martha les sût dans ses parages et en devînt méfiante.

Elle ignorait qu'avant-guerre, Père avait réussi à racheter quelques feuilles emportées à Vienne par Opa grâce à un prête-nom complice, le marchand d'art Frederic Stern. Hélas, Stern avait échoué à mettre la main sur trois gravures de Rembrandt auxquelles il tenait infiniment. Cela le rendait jaloux de les savoir en la possession de sa veuve, furieusement. Pour des raisons différentes, Mère gardait à l'égard de Martha une rancune tenace. Elle ne pouvait s'empêcher de voir en elle une mauvaise personne. Non parce qu'elle avait possiblement poussé Opa Klever au divorce, mais parce qu'elle était parvenue à le détourner des siens, de Rustenhoven, mettant fin à ce qui fit notre joie, nos meilleures années tous ensemble.

Mère s'aveuglait encore, et dédouanait Opa avec une mauvaise foi évidente, comme s'il fût dépourvu de son libre arbitre, comme s'il fût de ceux que l'on manipulât. La seule responsabilité à ses yeux revenait à cette mégère, qui l'avait ensorcelé, et par pure méchanceté retardé l'annonce de sa mort à ses enfants des semaines après les obsèques. La vérité était que Martha lui avait pris son père adoré, et avec lui la promesse d'un amour sans condition.

La seule idée de la croiser dans Manhattan la rendait nerveuse comme jamais. Aussi pour y moins penser et s'occuper utilement, Mère se mit à la disposition de la Netherlands Aid Society. On lui fournissait des pelotes de laine par dizaines, elle en faisait des couvertures, des chandails et des chaussettes, en principe destinés à nos prisonniers ou à ceux qui luttaient contre une trop grande misère, là-bas, en Hollande.

Et ils étaient nombreux… Persuadés qu'ils mettraient notre peuple à leur pas en raison de la proximité de nos races, les nazis s'en montraient d'autant plus cruels. Plusieurs centaines de milliers d'ouvriers avaient été envoyées travailler en Allemagne, tandis que pratiquement tous les juifs du pays transiteraient par les camps de Westerbork et de Vught pour être acheminés vers des destinations funestes. Ceux qui restaient crevaient de froid et de faim. Il se disait d'ailleurs que du côté de Beverwijk, les bulbes de fleurs étaient une nourriture qui se vendait à prix d'or, bien qu'elle causât des maux de ventre mortels. Aux Indes néerlandaises, la situation s'avérait pire encore. Après la défaite de Pearl Harbor, les Japonais avaient emprisonné tous nos compatriotes – hommes, femmes, enfants – dans des camps sordides où très peu survivraient.

La reine Wilhelmina demeurait à Londres, qu'elle quitterait bientôt pour Ottawa. Et bien que le gouvernement britannique n'y fût pas favorable, elle avait nommé son gendre, le prince Bernhard, commandant en chef des forces de la Résistance. Elle en encourageait les quelques groupements à travers Radio Oranje, qu'elle finançait elle-même et sur laquelle elle prenait régulièrement la parole.

Chez nous comme ailleurs, il y avait des salopards de l'espèce de Domis, mais il y avait également des Néerlandais qui se découvraient du courage malgré la peur, ne se seraient jamais pensé capables de mettre en danger leur vie autant que celle de leur entourage pour rendre à leur pays sa liberté. Seuls en Europe les Néerlandais osèrent organiser une grève générale pour protester contre les persécutions que l'occupant faisait subir aux citoyens juifs. Lancée par les chauffeurs de tram d'Amsterdam, elle se propagea comme une traînée de poudre dans toutes les villes du pays, dura tout de même trois jours, surprit et excéda les Allemands qui y mirent fin dans la plus grande violence. Il n'était donc pas certain que le prince Bernhard fut celui qui prit le plus de risques. Et puis il était allemand lui aussi. La rumeur disait même qu'il avait eu sa carte du parti nazi dans sa jeunesse.

Gerrit van der Veen méritait bien davantage nos louanges. Père et moi avions découvert ses sculptures ensemble lors d'une exposition à Utrecht en 1930. Contrairement à lui que l'art contemporain ne touchait que trop peu, j'avais été ému par leur plénitude et leur puissance apaisée, jusqu'à oser l'avouer, et Père s'était félicité que je me reconnaisse déjà, malgré mon jeune âge, une subjectivité esthétique.

En refusant de signer la Déclaration d'ascendance aryenne, en fondant l'organisation clandestine De Vrije Kunstenaar, en fabriquant et diffusant des dizaines de milliers de faux papiers destinés aux juifs, van der Veen s'insurgea contre l'occupation allemande. Pour tout cela il fut arrêté et assassiné dans les dunes par les nazis en juin 1944. Et il y en eut bien d'autres comme lui.

L'hôpital psychiatrique d'Hartford libéra Els. Elle demeurait vulnérable ; d'une certaine manière, elle le resterait toujours. Esclave de son mal-être, comme je le fus de mes infirmités. À force d'angoisses, à force de vertiges, elle s'était petit à petit préparée à l'idée de devoir mener une vie en marge. La même vie que Rara peut-être. Mais à la différence de notre grand-mère qui avait pris seule son mal de vivre en patience, Els recevait de l'aide. Pour mieux leur faire face, les médecins qui la suivaient l'invitaient à se pencher sur ses impuissances, l'entraînaient dans des explorations intérieures qui la mettaient sur la voie de la profondeur. Et de la clairvoyance.

Elle préféra prendre ses distances avec nos parents – ils n'étaient allés la voir que deux fois –, leur laissant la liberté de comprendre pourquoi.

Elle intégra une famille avec laquelle elle n'avait aucune attache et dont veiller sur les enfants la ramenait à se donner de l'attention à elle-même, ce qui était déjà beaucoup.

C'était à Irene qu'elle manquait le plus. Irene, là-bas dans son collège de Warrenton en Virginie, près du Monticello de Thomas Jefferson. Irene, que Père et Mère faisaient tout de même rentrer pour les vacances.

À Baltimore sur Rubens, à Philadelphie sur Érasme, à Washington sur les dessins italiens, au Metropolitan Museum sur la peinture du Siècle d'or, à la Frick Collection sur l'importance de collecter et classer les catalogues de ventes publiques, Père ne cessait plus de donner ses conférences.

Leurs revenus devenus moins instables, nos parents abandonnèrent l'hôtel de Manhattan pour une petite maison à Oberlin, dans l'Ohio, près de chez Claar. Père y avait pris la parole au musée de l'Université, lequel détenait une collection de peintres flamands inattendue dans cette province. Il n'en fallut pas davantage pour motiver leur choix, d'autant que les loyers y étaient bien plus raisonnables qu'à New York. Une petite maison typiquement américaine, confortable bien que sans prétention. Une petite maison de bois toute blanche, avec quatre pièces bien réparties, une cuisine moderne, le chauffage central et un porche en façade pour prendre le thé en fin d'après-midi, puis attendre aux beaux jours jusqu'à l'heure du coucher.

Attendre. Mais quoi ? Et pour combien de temps encore ?...

Ils échappaient certes aux tumultes de la guerre, au danger, à la peur, à la faim. Mais il leur arrivait tout de même, chacun à sa façon et chacun son tour, d'éprouver le spleen de l'exilé, cet assombrissement qui venait leur rappeler qu'ils n'étaient pas à leur vraie place et seraient toujours en manque d'un complet bonheur.

Ils retrouvaient sur les représentations artistiques de la Hollande ces ambiances si singulières que le temps n'avait pas effractées, et qui, même austères, tristes à certains égards, les avaient construits et leur faisaient en vérité défaut. Ces maisons de briques parées de cours et de ruelles, ces planes pâtures s'étendant jusqu'aux dunes avec en leur profondeur un village où pointait un clocher, ces humbles bêtes paissant dans une brume froide et un éternel silence : tous les appelaient. *Homesick.*

Aussi quand Père fut invité à venir prendre la parole dans une ville de l'ouest du Michigan nommée Holland, sur la rivière Macatawa, il s'empressa d'accepter sans nullement savoir ce qu'ils allaient y trouver. Des canaux et leurs ponts basculants, des moulins, des champs de tulipes rouges, de narcisses blancs, de jacinthes bleues, des « Américains » costumés comme à Volendam ou à Sneek. Une colonie de Néerlandais y avait fait souche cent ans plus tôt et importé ce dont elle savait ne pas pouvoir se passer, ce qu'elle avait refusé de perdre. Ses générations successives ne s'étaient départies de rien, continuant d'y vivre dans les mêmes décors, d'y respecter les mêmes coutumes.

Pour Père et Mère, cette transposition de quelques heures leur fut une surprise impensable, irréelle. Et finalement un chagrin. Car jamais ils n'auraient pensé que le goût retrouvé du fromage aux graines de cumin, des croquettes de veau fumantes, des *poffertjes* moelleuses et sucrées qu'on leur servit, pourrait autant les bouleverser. Jusqu'aux larmes.

Le temps était donc venu. L'envie de rentrer s'empara de l'un et de l'autre sans que, comme toujours, ils n'eussent besoin de se concerter. Et tant pis si le pire les attendait, au moins seraient-ils chez eux.

La rude libération des Pays-Bas s'achevait à peine. À Arnhem, le collectionneur auprès duquel Père avait fait ses premières acquisitions en 1917 était mort enseveli sous sa maison, détruite comme toute la ville. Dieu seul savait quelles raretés il détenait encore. Pris entre les troupes alliées parachutées dans l'objectif de s'emparer de ponts stratégiques et l'ennemi, l'ouest de notre pays était devenu l'un des principaux champs de bataille de l'Europe. L'anéantissement de toutes les infrastructures, la coupure du gaz, de l'électricité, de l'eau s'imposèrent avec une effroyable rigueur à des millions de Néerlandais dont beaucoup allaient mourir de faim, car plus aucune denrée alimentaire ne circulait. Nos parents savaient tout cela.

Ils savaient aussi qu'ils ne reverraient sans doute pas de sitôt leurs filles. Mes sœurs n'avaient, elles, aucune envie de regagner une Europe en miettes et en pleurs, une Europe martyrisée. Elles s'accommoderaient toutes les trois de leur mal du pays et regarderaient devant.

Ils savaient enfin que la maison du Vivier pouvait n'être plus qu'un amas de décombres. Que personne sans doute et avant des mois n'aurait l'idée de commercer les œuvres d'art ou de suivre une conférence sur le Siècle d'or.

Ils savaient surtout que jamais ils ne se sentiraient américains.

Père et Mère débarquèrent sur le quai de la Holland America Line de Rotterdam le

9 novembre 1945. Deux de leurs amis étaient là pour les accueillir.

Ils revenaient avec une cinquantaine de caisses et de valises. Trente-deux étaient remplies de documentations – livres, magazines, catalogues, et près de mille cinq cents reproductions et photographies d'œuvres exposées à travers les États-Unis – et dix-huit contenaient des vêtements, chaussures, savons collectés par Mère en Ohio pour le Dutch Relief War Fund.

Une semaine après leur arrivée, dans un froid glacial, un camion militaire remonta vers la mer pour les conduire à La Haye.

Éternité d'une collection

Revenir…

Je me l'imagine unique le sentiment qui accompagne la possibilité du retour. Et la ferveur de son émotion incomparable. Même pour le plus raisonnable des hommes, tiraillé entre la joie de retrouver le lieu consolateur et l'inquiétude de savoir ce que le temps passant aura à jamais renversé.

Nos parents revenaient, heureux et impatients. Mais lucides. Ils s'étaient préparés l'un et l'autre aux pires déconvenues. Y compris à devoir repartir de zéro. Les Pays-Bas comptaient parmi les nations les plus suppliciées d'Europe. Les Allemands les avaient saignés à blanc, brisé leur âme. Il leur faudrait des années pour surmonter la guerre, retrouver quelque chose de leur grandeur. Et pardonner, eux dont l'esprit de tolérance avait aussi fait la gloire.

La Haye se montrait tristement méconnaissable. Un bâtiment sur deux seulement tenait encore debout. Par miracle le cœur historique avait été épargné, mais le quartier du Bezuidenhout, que Père et Mère habitèrent un temps après Rustenhoven, n'était plus qu'un champ de ruines. Pensant frapper des V2 allemands dans le Haagse Bos, la Royal Air Force l'avait bombardé par erreur, le 3 mars 1945, faisant des centaines de morts et des milliers de sans-abri. On en maudirait longtemps les Alliés, sans cervelle et sans cœur, qui ne s'émouvaient décidément de rien.

Le camion roulait lourdement, d'avenue en boulevard, de rue en rue. Personne n'y disait mot. Ni son chauffeur, blasé par l'ampleur des dévastations, ni ses deux passagers, qui eux la découvraient, stupéfaits, accablés.

Que plus un arbre ne subsistât le long du Koninginnegracht fit à Mère l'étrange effet d'un être qu'on avait dénudé et qu'on contraignait à s'exhiber. L'idée la dérangea au point qu'elle préféra fermer les yeux. La Maison Krul et ses pâtisseries, le cinéma Cineac, le magasin de cigares dont Père était jadis l'habitué à l'angle d'Hobbemastraat, le très chic Hôtel des Indes, et plus loin le Dierentuin, où tant de familles allaient chercher du divertissement le dimanche, avec son zoo, ses manèges, son dancing à ciel ouvert aux beaux jours… Les images familières d'autrefois se mirent à défiler dans sa tête à rebours d'une réalité trop inacceptable. Comme La Haye était élégante et joyeuse ! Comme la vie y était douce !

Puis aux cris des oiseaux d'eau soudain plus abondants, au frisson qui la traversa, Mère comprit que le camion venait de s'engager sur Lange Vijverberg. Son cœur s'emballa.

La maison se tenait toujours là, au bout de l'allée, combattante et fière. Prenant la suite des Allemands, une troupe de soldats canadiens, ceux à qui les Pays-Bas devaient leur liberté, s'y était cantonnée. La demeure qu'ils retrouvaient ne ressemblait plus en rien à celle dont ils avaient fermé la porte derrière eux cinq ans plus tôt pour se réfugier à Glion. Non seulement tout y avait disparu mais des plaques de carton remplaçaient la plupart des vitres, les beaux parquets étaient saccagés, la moquette de velours rouge de l'escalier arrachée, les portes de communication manquaient. Sans parler des impacts de balles dans les murs.

La maison se tenait toujours là, vide mais pas exactement désertée. Les Canadiens partis, des ouvriers la remettaient en état puisque les autorités de Libération avaient décidé de la destiner à une ambassade pour une première période de trois ans. Qu'importait qu'il y eût un propriétaire. C'était ainsi, les Pays-Bas devaient se relever.

Depuis leur départ de New York, Père n'avait qu'une idée en tête : retrouver et confondre Adriaan Domis. Tant qu'il était loin et impuissant, il parvenait à ne pas y penser. Mais à mesure que le paquebot pénétrait les eaux européennes son aigreur s'était réveillée. À présent sa colère le pressait de savoir. Il fallait qu'il en eût le cœur net, et qu'on en terminât.

Après un premier internement au camp de Wezep, son ancien secrétaire venait d'être transféré à celui de Duindorp sur la côte. Ils étaient nombreux à avoir été arrêtés pour leur connivence avec l'ennemi ou leur attitude simplement ambiguë, voire pour un malentendu qui leur coûterait cher. La revanche, souvent, n'a pas d'états d'âme. Avant même que nos parents ne décident de rentrer des États-Unis, certains donc s'étaient déjà chargés du cas de Domis. Mais qu'il fût captif ou non ne comptait pas pour Père. Il ne voulait que remettre la main sur leurs affaires et les pièces de la collection qui se trouvaient Dieu savait où, cachées dans des coffres, des caves, des grottes, en Allemagne ou ailleurs, et dont il avait instigué la disparition.

Père se fit emmener à Duindorp. Des dizaines et des dizaines de misérables y étaient entassés. Maigres et sales, nourris du minimum et souffrant du froid, ils attendaient d'être jugés par des tribunaux d'exception dont la probité pouvait laisser perplexe. Lorsqu'on lui confirma qu'il verrait Domis mais qu'aucun fonctionnaire assermenté ne consignerait sa déposition, qu'il devrait donc établir lui-même un rapport, il songea que notre pays n'était pas près de se mettre debout.

Père dirait plus tard que l'interrogatoire auquel il soumit Domis fut l'un des moments les pires qu'il eut à vivre. Un exercice pour lequel il ne se sentit assurément pas fait. Il était un homme abordable, sociable, même charitable, cependant certaines situations le plaçaient devant une inaptitude qu'il ne savait contourner qu'en se montrant froid, dur. Au mieux sarcastique, le plus souvent tranchant ; en tout cas irréductible. Domis, qui pâlit comme un mort dès qu'il le vit, ne pouvait s'attendre à aucune mansuétude, mais il en obtint d'autant moins que Père fut mal à son aise, à tous égards décontenancé.

Il l'affronta sans préambule ni ménagement. Qu'était devenue la Madone en marbre du XIVe siècle ? Domis ne savait pas. La miniature gothique dans un cadre d'argent ? Il ne savait pas. Les meubles gustaviens de la chambre d'Irene, les aquarelles de Redouté accrochées dans celle d'Els ? Il ne savait pas. La collection de cadres, soi-disant stockée dans les sous-sols du ministère de la Défense ? Les Allemands en avaient finalement alimenté les cheminées. Tel livre ancien, et celui-ci, et tel autre si rare ? Il avouait en avoir vendu, aux marchands Hanselaar et Nijhoff, et fait des cadeaux aussi. Par exemple ce petit carnet en marocain rouge, au maire de Middelburg croyait-il se souvenir, en échange d'un service. C'était ainsi que les choses se passaient alors ; tout était devenu si difficile…

Domis jurait avoir agi de bonne foi, préféré vendre des pièces plutôt que de les voir volées par les Allemands et quitter la Hollande, comme tout le reste. Et plus Domis jurait, plus Père enrageait, ramené à sa naïveté, à sa faiblesse.

En ce matin sinistre à Duindorp, en cet instant qui lui inspirait une indisposition jusque-là méconnue, il ne savait plus à qui, de Domis ou de lui-même, il en voulait le plus.

Certes, quelques années plus tôt, Domis lui avait donné satisfaction. Il l'admettait. Puis pour continuer de toucher son salaire, il laissa croire que son rôle restait essentiel. En réalité il finassait. Les notes qu'il envoyait en Suisse et ensuite aux États-Unis étaient captieuses. Surtout, par le même temps et sans vergogne, il menait ses affaires avec les relations de Père d'un côté, les nazis de l'autre.

En ce matin sinistre, dans ce camp encombré de Hollandais qui avaient peut-être été des hommes et des femmes honnêtes mais qui s'étaient laissé détourner par la guerre, pervertir au-delà du déshonneur, Père se demandait comment il avait pu ne pas se méfier de cette figure lisse et blanche, cette face de lune, de spectre. Comment il avait pu ne pas se méfier de cette bouche pincée aux lèvres si menteuses, de ce regard dont le bleu, obscurément magnétique, ne semblait fait que pour tromper. Domis était un dissimulateur dont la fourberie lui sautait à présent aux yeux de toute son évidence. Hélas, il était trop tard.

La guerre était officiellement finie depuis six mois et nos parents en découvraient subitement l'inconfort, l'injustice, l'imposture. Avait-elle donc à ce point changé les esprits et les cœurs pour qu'autant de rouerie et de corruption s'y fussent introduites ? Car il ne s'agissait pas que de Domis. Certains des marchands vers lesquels Père se tourna après l'interrogatoire, qui avaient acquis des pièces de la collection fournies par son ancien secrétaire, trouvaient encore moyen d'être outrecuidants, lui proposant de racheter à prix d'or ce qu'ils savaient lui appartenir ! D'autres s'affirmaient convaincus que Domis vendait à la demande de Père, dont l'exil américain lui valait des complications financières. De vol point. Du commerce, rien d'autre.

Sous les ordres de Domis, le gardien de la maison du Vivier ne s'était pas embarrassé non plus pour troquer de l'argenterie, des gravures, des tapis contre une petite miche de pain ou un quart de boule de fromage. La faim et la misère prétendaient tout excuser. Cette fois Père se fâcha. Qu'on ne lui parlât pas de misère ! Les instructions laissées à son banquier pour que chacun continuât de toucher son salaire en son absence avaient été respectées. À Rustenhoven, Hendrik, l'ancien chauffeur d'Opa Klever, et Monsieur Drieenhuizen, le jardinier, avaient eu faim eux aussi, mais ils s'étaient comportés irréprochablement.

D'aucuns soutenaient à Père qu'il ne pouvait pas comprendre, pas imaginer ce qu'il s'était passé. La dureté des choses, la cruauté du réel. Que la fuite lui avait avantageusement évité la compromission si vraiment il s'agissait de cela. Qu'à défaut il eut été contraint, lui comme les autres, autrement dit tous ceux qui n'y trouvèrent pas d'alternative, de composer avec les circonstances. Et l'occupant. Ainsi tel et tel directeur de musée qu'il côtoyait avant-guerre, et qu'il estimait. Ainsi Dirk Slothouwer, le talentueux architecte jadis en charge de la rénovation de Rustenhoven et de la maison du Vivier, Dirk, le grand ami de la famille.

La spoliation de la collection de Jacques Goudstikker, et plus encore les conditions de sa restitution, allaient presque autant tourmenter Père que la disparition de la sienne. À la faveur de cette scandaleuse affaire qui n'horrifierait que trop peu de monde, sa confiance dans l'intégrité des autorités néerlandaises commencerait de s'émousser et sans doute aussi de s'installer l'idée que la place de nos parents n'était peut-être plus en Hollande.

Bien que chassant sur les mêmes terres, Goudstikker et lui n'avaient jamais été des concurrents. Ni rival ni modèle, Père voyait en cet éminent marchand d'art, plus jeune que lui d'une quinzaine d'années, un partenaire tout à fait respectable. Goudstikker était l'héritier d'une galerie d'art, une belle affaire qu'il avait su faire prospérer en l'ouvrant aux marchés internationaux et qui lui autorisait quelques facilités financières quand dans les ventes leur intérêt se portait sur les mêmes pièces. Il leur arriva d'ailleurs d'acheter des tableaux ensemble et d'en partager la propriété. Ce fut le cas du *Portrait d'Adriaen Hendriksz Moens* par van Dijk, confisqué par les nazis comme tant d'autres. La collection de Jacques Goudtsikker, répartie entre ses prestigieux locaux sur le Herengracht, son château de Nijenrode et sa maison de campagne d'Oostermeer, comptait avant-guerre parmi les plus remarquables des Pays-Bas.

Goudstikker était juif. Et en mai 1940, il crut sage lui aussi de quitter Amsterdam. Mais une mauvaise chute sur le bateau qui l'emmenait en Angleterre lui coûta bêtement la vie.

Quelques semaines plus tard, le Reichsmarschall Hermann Gœring s'empara de sa collection en dépit des démarches entamées par sa veuve Dési von Halban, une cantatrice viennoise, pour éviter la confiscation. Deux de ses anciens employés reçurent une « commission » de près de deux cent mille florins chacun pour vendre toutes les peintures et œuvres d'art à Gœring contre deux millions de florins – une somme évidemment dérisoire au regard de leur valeur –, et la galerie d'art au banquier allemand Alois Miedl, contre un demi-million de florins. Miedl devenait aussi, à travers des transactions parfaitement illégales, propriétaire de la prestigieuse marque commerciale Goudstikker, des quelques œuvres d'art restantes et de tous les biens immobiliers.

Alois Miedl et Hermann Gœring s'entendirent pour partager la collection en deux, Gœring s'accordant un droit de préemption sur les œuvres. Il se constitua ainsi, en quelques semaines et à bon compte, une collection exceptionnelle dont il profita jusqu'à la fin de la guerre dans son extravagante propriété près de Berlin.

Mais depuis six mois Gœring était prisonnier dans un camp américain au Luxembourg. Et à mesure qu'ils libéraient l'Europe, les Alliés remettaient la main sur des merveilles par milliers. Ces œuvres spoliées, ils ne les rendaient pas à leurs propriétaires mais au pays de nationalité de ceux-ci. Parmi tous les tableaux remis aux Pays-Bas, trois cents au moins venaient de la collection Goudstikker.

Comme Père, Jacques Goudstikker avait la manie des inventaires, et un carnet de cuir noir répertoriait chacune des pièces de sa prestigieuse collection, dont mille cent treize tableaux exactement. En possession de ce très précieux carnet, sa veuve pensait n'avoir aucune peine à se voir restituer son bien par le gouvernement néerlandais lorsqu'elle en fit la demande. Pourtant, seule une partie lui serait rendue, et au terme de sept années d'âpres négociations. Le reste, qualifié de « trésor national hollandais », serait réparti dans les musées du pays…

Comble de tout, le Stichting Nederlands Kunstbezit, le comité de restitution créé par le gouvernement, fut installé au 458 Herengracht, l'une des propriétés perdues de Jacques et Dési Goudstikker à Amsterdam.

Si cette affaire consterna nos parents, elle leur fit aussi admettre qu'ils étaient plus chanceux. Mais n'en avait-il pas toujours été ainsi finalement ?

Quelques policiers se montraient exaspérés par l'obstination vétilleuse de Père qui n'entendait renoncer à rien – que de temps perdu pour des vieux papiers ! –, tandis que d'autres, par compassion ou pour en finir avec ce raseur, facilitèrent sa chasse.

Du domicile de Domis à Twello, il fut autorisé à emmener tout ce qui était à eux : des livres anciens, un fauteuil français d'époque Louis XV, plusieurs cadres exceptionnels dont un en écailles de tortue, des miroirs, même leur réfrigérateur. De celui de son ex-femme dont il avait divorcé pendant la guerre, des tapis, des aquarelles, quelques bibelots. Du magasin d'un antiquaire haguenois, des livres rares encore, des dessins encadrés, une petite marine, un ravissant portrait de gentilhomme sur ivoire dans un cadre d'ébène octogonal, une chaise curule, et de son coffre-fort, pas moins de trois cents dessins, des lettres autographes des plus grands artistes, et autres petits trésors.

Peu après leur arrivée à La Haye, une exposition de tableaux fut montée au Mauristhuis qui présentait les tous premiers ramenés d'Allemagne.

Père y reconnut une dizaine des siens. Sur les vingt-sept que Mülhmann avait vendus en vue de leur accrochage au Führermuseum de Linz, vingt-cinq furent retrouvés, dont deux très beaux paysages par Brueghel. La plus grande part se trouvait dans une mine de sel en Autriche, qui serait identifiée grâce à la marque de collection de Père, ses initiales encerclées. Et pour espérer récupérer ce qui manquait encore, Père fit publier des listes dans la presse qu'il adressa également aux grands noms du marché de l'art. Ne lui restait plus qu'à s'armer de patience.

En parallèle de ses démarches, il s'escrimait aussi à faire reconnaître que la maison du Vivier était leur propriété et contester la décision d'y établir une ambassade. Les choses suivaient leur cours et on les autorisa en attendant à investir le troisième étage, celui de mes sœurs, où plus rien naturellement ne subsistait. Ils dormaient sur des lits de camp, quelques caisses oubliées par les occupants leur tenaient lieu de meubles de cuisine, et avec ce qu'ils récupéraient de-ci de-là, se réinventaient un confort.

Et puis ils se rendirent à Rustenhoven.

Une aventure, dès lors que la voie ferrée vers Maartensdijk demeurait impraticable. Un choc surtout. Les Canadiens s'y étaient installés au printemps, et après le bombardement de La Haye, les autorités de Libération y avaient envoyé des sans-abri par dizaines. À présent la propriété était affectée à l'accueil des rapatriés des Indes néerlandaises, malheureux Totoks épargnés par le sadisme des Japonais et le sort. Le manoir, notre maison, le parc, les fermes, tout était transformé, défiguré, enlaidi. Et envahi. Rustenhoven pleurait sa superbe et sa tranquillité. Dans la simplicité de leur sentiment, Hendrik et Monsieur Drieenhuizen en étaient les premiers affligés. Mais qu'auraient-ils pu faire contre la guerre, qui avait même eu raison de la douceur de notre cher, si cher paradis désormais perdu ?

Durant le retour, assommés l'un et l'autre par une tristesse que tant de souvenirs rendaient écrasante, nos parents ne surent plus échanger un mot. Opa Klever, Madame Anatolia, Lucien Huteau, Oskar et Martha Schmidt, Dirk Slothouwer... Tous ceux qui avaient connu Rustenhoven, en avaient goûté avec nous le bonheur, tournoyaient dans leurs pensées douloureuses où le passé était intact. Mon frère et mes trois sœurs aussi. Et moi. Moi et mes oiseaux, moi et mon bon cœur, moi qui avais conçu à Rustenhoven suffisamment de félicité et d'espérance pour rendre mon dernier souffle sans regret.

Ils ne surent plus échanger un mot mais rentrés à la maison du Vivier, ils se trouvèrent uniment prêts à prendre une décision. Peut-être l'une des plus graves de leur vie. Ils allaient tout vendre, et quitter les Pays-Bas.

Cette fois pour ne plus revenir.

Au printemps suivant, mon frère et mes trois sœurs reçurent chacun une lettre de nos parents.

Tous poursuivaient leur chemin. Jaap avait laissé sa famille en Angleterre pour s'engager dans l'armée des Indes néerlandaises en marche vers leur inéluctable indépendance. Aux États-Unis, Claar et Els s'étaient mariées. Infructueux, le couple de la première s'était résolu à adopter deux garçons, tandis qu'Els avait donné naissance à un petit Frederik. Son mari, un rustaud divorcé avec quatre enfants à sa charge, ne semblait d'évidence pas en mesure d'accéder à sa sensibilité, pas plus que de cerner son extrême vulnérabilité. Le sentant, Père et Mère s'opposèrent à cette union, mais Els s'obstina, pour de mauvaises raisons, à ne pas les écouter. Quant à Irene, elle était rentrée étudier l'histoire et la littérature à l'Université de

Leyde. Elle qui avait grandi, puis passé son adolescence entre Paris, Montreux et les États-Unis, était d'évidence, à force d'adaptations, la plus maligne et la plus assurée de tous.

Nos parents leur adressèrent cette lettre après un séjour de quelques semaines en Suisse. Un séjour en tous points rassérénant dans ces Alpes somptueuses dont l'agrément et la quiétude avaient toujours su déterminer leurs décisions. Un séjour qui leur permit aussi de reprendre les centaines de dessins et gravures mis en lieu sûr au début de la guerre, mais surtout de préparer l'avenir avec les meilleurs avocats.

Ils expliquèrent à leurs enfants que la désillusion, la déception gagnaient leur cœur, qui les conduiraient bientôt, la mort dans l'âme, à renoncer à notre pays. Jamais ils n'avaient autant aimé la Hollande que dans l'éloignement, et à l'heure de leur retour, ils étaient bien décidés à contribuer à sa reconstruction. Mais tout s'avérait regrettablement compliqué. La ferveur déjà se perdait ; leurs projets les portaient ailleurs.

Et leur priorité absolue était de protéger ce qu'il restait de la collection. Se prémunir de possibles conflits entre mon frère et mes sœurs, plus encore avec leurs conjoints, dont la première des conséquences serait, ils s'en disaient certains, la dispersion de l'œuvre de leur vie.

Aussi, en s'inspirant de ce qui se faisait avec succès aux États-Unis, ils annonçaient être sur le point de créer une fondation, dans laquelle seraient réunis non seulement l'intégralité de leurs œuvres d'art mais tous leurs biens immobiliers et capitaux. Ceci incluait les actifs de Rara et ce que Mère devait encore percevoir de son héritage d'Opa Klever, en partage avec sa seconde épouse. Nos parents précisaient en outre dans leur lettre qu'ils avaient entrepris des démarches auprès du gouvernement français pour échanger la maison du Vivier avec un bel hôtel particulier parisien.

Jaap, Claar, Els et Irene ne tardèrent pas à comprendre que tout leur échappait, et définitivement. En contrepartie, la future fondation verserait à chacun une rente annuelle de cinq mille florins. Ils y virent – Jaap surtout – une offense, presque un désaveu.

Mais comme si cela ne suffisait pas, poussé par sa maudite manie de laisser des traces, d'établir des archives, Père rédigea aussi une note. Une note pour le dossier d'établissement de la fondation. Une note pour expliquer, justifier leur décision. Une note incongrue et dérangeante.

Père y procédait à une analyse de la personnalité de ses enfants et à une évaluation de leurs ménages. Il y disait que Jaap était un garçon au caractère faible, qui se détournait vite des situations complexes. Qu'aux Indes néerlandaises, il venait d'être assez imprudent pour s'enticher d'une femme, tandis que la sienne, qui l'attendait en Angleterre, se montrait brave et patiente, mais que leur mariage en resterait brisé. Père y disait aussi que Jaap était un inconstant qui avait laissé filer une belle carrière chez Philips par son manque de travail et de persévérance. Qu'il rendait souvent les autres responsables de ses propres problèmes et sollicitait ses parents au moindre coup dur financier. Que s'il leur avait semblé naturel d'en faire leur exécuteur testamentaire en 1936, en tant qu'aîné et seul fils, son attitude décevante les obligeait à y revenir.

Les filles avaient droit à des jugements moins sévères. Encore que.

La note esquissait de Claar un portrait honnête, la présentait comme douce et débrouillarde. Son mari aimable paraissait lui apporter un certain bonheur, mais Père avouait avoir espéré pour elle quelqu'un de plus fiable et de moins quelconque. Quant à Els, s'il lui reconnaissait son grand cœur, il la considérait d'abord comme une malade, pour preuve sa longue hospitalisation aux États-Unis, évoquait son instabilité psychologique, son défaut de confiance en elle, sa profonde et probablement incurable paranoïa. Surtout, elle avait fait le choix irréfléchi de s'unir à un homme stupide, sans éducation ni moyens, et forcément incliné vers la fortune avantageuse de sa belle-famille. Finalement, Irene était à ses yeux la plus intelligente, la seule capable de s'adapter à tout, la seule soucieuse de ne dépendre de rien ni de personne. Et pourtant, Père ne s'empêchait pas de la trouver trop dispendieuse, une authentique faiblesse pour pareil disciple de la tempérance.

La note se concluait par un âpre constat : aucun des quatre enfants Lugt n'aimait l'art avec suffisamment de passion pour se voir confier la responsabilité de la collection. À peine s'y intéressaient-ils et cela ne viendrait plus. Leur goût limité ne s'était éduqué qu'à la faveur de leur environnement familial, autrement dit sans une adhésion sincère. Cette fois, n'en déplaise à mes frère et sœurs, et pour leur drame, je ne pouvais pas lui donner tort…

Et à rebours de leur colère, il fallait pour être équitable opposer la déception et la tristesse de nos parents. Car c'était devenu pour eux une chose bien amère que de ne pas se retrouver dans leur progéniture. De ne pas y reconnaître l'essentiel. Une courbe de nez, une manière dans les gestes, quelque chose dans la voix, aussi conforme fût-elle, ne pouvait compenser un renoncement au raffinement ou une démission de l'exigence, pour qui comme Père et Mère exécraient le vulgaire, rejetaient l'ordinaire et plaçaient le beau au-dessus de tout…

Et plus triste encore, plus douloureux, était ce dont ils devaient convenir, dans l'intimité de leurs confessions désappointées, peut-être en se tenant les mains, peut-être le front de l'un sur l'épaule de l'autre : qu'il n'y en avait eu qu'un pour recevoir un peu de ce talent de sentir et d'aimer une œuvre d'art. Qu'un à en appréhender le merveilleux, à embrasser la béatitude que sa contemplation, et plus encore sa possession, pouvait offrir. Qu'un à saisir la richesse historique, scientifique, métaphysique aussi sans doute, que constituait une collection, *leur* collection, au-delà de la seule beauté dont elle gratifiait le monde qui en avait tant besoin, une réponse aux malheurs des hommes, à leur soif de croire en l'éternité. Qu'un, et c'était moi. L'absent.

Le monde changeait. La guerre et ses ravages avaient fait naître de nouveaux idéaux qui ne demandaient qu'à déjouer les mœurs et désorienter les sociétés. Cela serait plus vrai encore aux Pays-Bas qu'ailleurs. Pour le meilleur et pour le pire.

Après cinquante ans de règne, Wilhelmina abdiqua au profit de sa fille Juliana. La nouvelle souveraine allait introduire de la simplicité dans la vie monarchique, n'hésitant pas à se déplacer à bicyclette et sans escorte. Une première révolution.

On la disait très abordable, proche de ses sujets, et sa popularité grandit encore après le raz-de-marée de la mer du Nord au début de 1953, cette fameuse nuit où le vent souffla du nord-ouest et déchaîna les eaux, cette nuit tragique où d'épouvantables inondations firent des milliers de morts.

On la disait également dépressive depuis la naissance de sa quatrième fille, Christina, une enfant quasi aveugle. On la disait surtout prise dans les filets d'une guérisseuse d'abord engagée par le prince Bernhard pour soigner la fillette, une femme de rien qui développait d'obscures théories astrologiques, dont elle avait fait sa confidente au point de la laisser lui dicter sa conduite politique. L'affaire ébranlerait non seulement la famille royale mais le pays tout entier, entraînant la démission du gouvernement et des élections anticipées.

Rara aussi abdiqua. Elle finit par rendre à Dieu son âme tourmentée. Et elle le fit à Amsterdam, résistante jusqu'au dernier instant, forte enfin de son ultime renoncement aux Alpes et à leur puissance sur lesquelles elle avait tant compté pour combattre son intranquillité.

Sa fille à elle était tout autant mesurée qu'opiniâtre. Sous aucune influence, à peine celle de son époux. Car s'il la faisait adhérer à ses décisions, elle ne les acceptait qu'après les avoir passées au crible de ses propres réflexions, savait même les infléchir s'il le fallait. Mère ne fut jamais subordonnée, encore moins soumise.

C'était désormais presque une vieille dame. Une dame dont la blancheur des cheveux adoucissait des traits jadis ingrats, dont la silhouette haute et gracile, les manières polies et le constant sourire appelaient le respect, une estime spontanée. Une dame à l'élégance bientôt d'un autre âge, qui veillait par de hauts cols à dissimuler un cou un peu fané, gantait ses mains, ne serait pas sortie sans chapeau. Une dame somme toute singulière.

Et on ne voyait plus Frits Lugt sans sa chère To. De vente aux enchères en vernissage, de conférence en visite privée, elle l'accompagnait partout, s'adonnant sans réserve à son goût inentamé du voyage auquel il l'avait convertie dès leur lune de miel.

Comme lui, Mère aima toujours faire ses malles, les vapeurs charbonneuses des gares, le balancement rêveur des bateaux, les hôtels dont on s'improvise un confort le temps de quelques jours. Elle y voyait une occasion de s'égarer de soi, une promesse d'inattendu, un billet pour une amplitude plus vaste à sa condition de mère de famille, qui la firent rarement hésiter à se séparer de nous, même plusieurs semaines, nous laissant à nos grands-parents ou à des bonnes d'enfants. Je veux penser qu'en chaque nouveau voyage elle recherchait quelque chose du premier, celui qui avait enivré la jeune mariée d'Hilversum. Et puis elle voulait être avec lui. Comment le lui reprocher ?

En contrepoint de leur Hollande qui accumulait les meurtrissures, l'Italie lumineuse, grisante, renaissante, eut à ce moment-là leurs faveurs. À Venise, à Florence, à Capri, ils louaient des petites villas, déjeunaient au soleil du printemps, couraient d'un musée à une vente, toujours fervents de leurs aspirations esthétiques, plus accordés à l'autre que jamais.

Et entre deux escapades ils retrouvaient leurs habitudes parisiennes. Installés dans un appartement place du Palais Bourbon, ils s'étaient mis en chasse de l'hôtel particulier qui pourrait accueillir leur fondation, espérant toujours procéder à un échange avec le 15 Lange Vijverberg occupé par la France pour son ambassade. Le 14, moins ample, avait lui été restauré, redécoré, et trois fois par semaine s'ouvrait gratuitement à la visite.

À quelques centaines de mètres de là, au bout de la rue de Lille, un duo de bâtisses les attendait : l'Hôtel de Lévis-Mirepoix, du XIXe siècle, et en appui, côté rue de l'Université avec son jardin, l'Hôtel Turgot, du XVIIIe, ancienne demeure du ministre de Louis XVI. Un duo qui ne répondait pas exactement à ce dont ils avaient rêvé, mais le temps passait et l'impatience leur imposa une décision.

Leurs préférences les avaient d'abord portés vers un immeuble de caractère dans le sixième ou septième arrondissement. En ces années d'après-guerre, les biens à céder, même de cette envergure, se faisaient plutôt nombreux ; les complications aussi. Lorsque le prix de vente ne s'avérait pas trop excessif pour l'État français, c'était le vendeur qui faisait marche arrière.

Situé rue des Saints-Pères, l'Hôtel de Cavoye laisserait à Père des regrets éternels. Presque autant que la *Nature morte au nautile* de Willem Kalf acquise pour Muller et Compagnie durant leur voyage de noces. Hugo Grotius l'avait habité de 1641 à 1645. Or depuis quarante ans, Père en détenait un portrait adolescent par Jan van Ravesteyn, un portrait insolite, de trois quarts, l'une de ses toutes premières acquisitions. Il y vit donc un signe des plus favorables ; l'affaire pourtant ne se fit pas. De quoi le miner un temps, ruiner son enthousiasme, au point presque de lui faire reconsidérer leurs projets.

Les deux hôtels rue de Lille leur évoquaient cependant leur double maison de La Haye ; le salon en rotonde les renvoyait, lui, à l'extension ovale de Rustenhoven. Des signes encore. Il fallut trancher vite : la fondation les acheta et sur ses propres fonds. Rustenhoven venait justement d'être vendu ; la maison du Vivier le serait aussi bientôt à la ville de La Haye, ce qui financerait les rénovations. Père avait renoncé à trouver un accord avec l'administration française dont l'inertie et l'incapacité à s'entendre avec le gouvernement néerlandais l'exaspéraient, lui qui supportait si mal l'inefficacité.

Les travaux coûtèrent aussi cher qu'ils durèrent de longs mois. De longs mois pour satisfaire les exigences des maîtres des lieux soucieux jusqu'à l'obsession de reconstituer, au cœur de Paris, un digne et authentique fragment de Hollande. De longs mois pour qu'enfin, durant l'été 1956, un cortège de camions put quitter La Haye avec la collection à leur bord, mais aussi la pléthorique documentation accumulée durant cinq décennies.

Le 11 janvier suivant, accompagnés du baron Pim van Boetzelaer van Oosterhout, ambassadeur des Pays-Bas en France, Père et Mère, émus comme jamais, accueillaient le président de la République René Coty et le prince Bernhard, un œillet blanc à la boutonnière, venus tous deux inaugurer la Fondation Custodia et le nouvel Institut néerlandais.

C'était le jour de mon anniversaire, ils se jurèrent que cela leur porterait chance.

À l'âge où leurs contemporains ménageaient prudemment leurs artères en regardant s'écouler le temps qu'il leur restait à vivre, nos parents amorçaient l'une des périodes les plus trépidantes de leur vie.

Ils prétendaient faire de l'Institut néerlandais le pendant de la Maison Descartes créée en 1933 à Amsterdam, un haut lieu de partage intellectuel mais aussi d'art de vivre, qui se devrait d'être brillant d'animations et de projets.

Mère se désigna pour en assurer la part domestique. Afin que les séjours des chercheurs, artistes, stagiaires, y fussent les plus plaisants possible, elle se chargea de faire aménager des chambres, sélectionnant du mobilier chez les antiquaires de la rive gauche, le linge de la meilleure qualité au Bon Marché voisin, allant jusqu'à veiller aux bouquets de fleurs qu'elle faisait préparer chez Savart. Nul ne devrait oublier quelques jours passés à l'Hôtel Turgot. Pas même la princesse Irene, troisième fille de la reine Juliana et du prince Bernhard, qui y resta une semaine avec des camarades de classe.

Père de son côté composait son équipe de collaborateurs. Directeur, secrétaire, restaurateur de papiers anciens, encadreur... il y avait du travail, et des tâches pour toutes les compétences, pourvu que l'on fût aussi sérieux et passionné que lui. Et parfaitement honnête. Les sélections furent rudes tant ses déboires avec Domis l'avaient durablement marqué. D'ailleurs l'affaire n'en finissait pas. Son ancien secrétaire venait d'être condamné à lui payer soixante-quinze mille florins pour ses malversations. Père attendait aussi réparation de l'Allemagne, et la somme de cent quinze mille florins qu'on lui attribua lui fut une douche froide. Pas de quoi faire retomber la colère, même si une œuvre perdue de la collection réapparaissait de temps en temps, sur la page d'un catalogue de ventes, le mur d'un musée. Alors, après la surprise des retrouvailles, s'engageaient des tractations interminables pour en obtenir la restitution.

Le directeur qu'il nomma n'était pas un homme commun. Encore moins un homme qui lui ressemblait. Poète, diplomate, premier secrétaire et chef du service de presse de l'ambassade des Pays-Bas en France depuis la fin de la guerre, Sadi de Gorter avait attiré son attention à l'occasion d'une conférence qu'il donna sur van Gogh à la Sorbonne, captivante, brillante, et c'est peu dire qu'il en fallait pour retenir Père. Pour un numéro spécial des *Nouvelles de Hollande* dédié au trois cent cinquantième anniversaire de la naissance de Rembrandt, ils eurent ensuite à écrire ensemble, l'occasion de se mieux découvrir.

Né à Amsterdam, élevé à Bruxelles, de Gorter avait commencé sa carrière comme jeune journaliste à Paris, bien que son activité de cœur fût d'écrire et de publier des vers. À Londres où il passa la guerre, on le chargea du bulletin d'information de la France libre, tandis que restée seule en France, sa femme Gisèle s'aventura à prendre la gérance d'une auberge de jeunesse dans les Pyrénées espagnoles. Un repaire pour les résistants, un havre pour les fugitifs. Si personne ne choisit son tempérament, ces deux-là s'étaient, chacun de son côté, encouragés des circonstances pour ennoblir le leur et amplifier leur vie, en rejetant le désœuvrement, l'impuissance, le vide de l'abandon. Je soupçonne que nos parents y virent quelque chose à admirer, eux qui, tout bien considéré, avaient fait des choix autrement plus égoïstes.

Sadi de Gorter était aussi pansu que Père était sec, aussi jovial qu'il était austère. Le chaud et le froid. De quoi former un binôme improbable mais efficace.

Sec, austère, Père l'était en effet de plus en plus les années passant. Sa haute stature se creusait. L'âge donnait à son visage aux joues plates, au nez busqué, à l'œil strict, des airs intimidants. Pourtant, malgré cet abord déroutant, il s'enthousiasmait encore, et même s'enflammait. D'autant que la Fondation lui donnait la liberté et les moyens de poursuivre ses acquisitions : une *Vue d'Alkmaar* par Allaert van Everdingen, deux remarquables grappes de raisin sur panneau par Nicolas de Largillierre, une lettre de Maurice-Quentin de La Tour à Belle van Zuylen dans laquelle il évoquait ses pastels, mieux que jamais Père savait ce qu'il aimait, et ce qu'il convenait d'acheter. Mais ses plus grandes satisfactions, il les trouverait bientôt dans ses expositions. Des expositions dont il aurait à la fois l'idée et la maîtrise pour partager les splendeurs de la collection. Des expositions publiques, magistralement orchestrées, à la qualité unanimement reconnue.

La première, il la consacra comme de juste à *Rembrandt et son école* : quatre-vingts de ses dessins du maître de Leyde et de ses élèves, deux cents de ses gravures, des lettres manuscrites à Constantijn Huygens. Un événement qui dura deux semaines, reçut la visite de dix-sept mille personnes dont la file, depuis l'entrée de l'Hôtel Turgot, s'étirait jusqu'au boulevard Saint-Germain. Un succès, presque un triomphe. Deux semaines seulement, car si Père entendait partager ses splendeurs, ce ne devait pas être au prix de leur intégrité.

Dans leurs majestueux portfolios de cuir, ses feuilles traversaient le temps sans s'y soumettre. Il fallait en limiter les manipulations ; les expositions à la lumière aussi. D'ailleurs Père rechignait à confier des pièces de la collection. Non seulement parce qu'il s'était mis à redouter leur disparition d'une manière presque maladive depuis la spoliation, mais aussi parce qu'il considérait qu'elles n'obtenaient jamais le soin qu'elles méritaient. Pour *Le Paysage hollandais au XVIIe siècle* à l'Orangerie de Paris, il concéda à prêter neuf tableaux et dix-neuf dessins. Il prêta aussi quatre dessins au Rijksmuseum pour *Trois siècles de portraits aux Pays-Bas*. Puis ce fut fini. Il ne voulut plus prendre de risque, n'eut plus confiance. Ces employés de musée ne savaient pas y faire. Des ânes. D'ailleurs il se trouvait de moins en moins de condisciples tant il finissait par se juger à part, pour ne pas dire unique. Seul feu Mariette gardait son admiration.

Et on persiflait. Car de fait Père n'avait pas que des sympathisants. Nombre de directeurs et de conservateurs, s'ils ne lui contestaient pas ses immenses connaissances et son expérience remarquable, voyaient en lui un maniaque de la préservation, un toqué de l'inventaire, un vieux fou pour certains. Sa réputation parfois souffrait. Cette rigidité. Cette intransigeance. Cette fausse modestie…

À trop dire que l'enseignement académique était inutile, qu'aucune formation ne vous préparait à connaître et à aimer une œuvre d'art, que les véritables experts tenaient du prodige, d'aucuns s'en défiaient, le mettaient à distance. Et lorsqu'il refusa le titre de docteur *honoris causa* que voulut lui décerner l'Université d'Amsterdam, qu'il snoba la cérémonie, il finit de se mettre à dos le milieu universitaire tout entier.

Au reste, il avait, comme le sourire, l'humilité sélective et ne rechignait pas à toutes les distinctions. Le grade de Commandeur de la Légion d'honneur, il l'accepta. Comme il accepta l'Œillet d'argent que lui remit le prince Bernhard.

Quant à la Médaille d'or des Musées, il fut heureux de l'obtenir avec Mère, par arrêté royal, pour leur immense travail conjoint au service des arts. Il en fut heureux car ils étaient le premier couple à la recevoir. Mais cette fois, il ne s'agissait plus de vanité, il ne s'agissait plus de crânerie. Cette fois, il s'agissait simplement d'amour.

J'ignore pourquoi Irene choisit d'aller se marier dans ce village perché, sur cette colline qu'on disait éternelle, loin de notre Hollande, loin de la Belgique de son fiancé, loin du Paris de nos parents. Les jours de brume, Vézelay surplombait la Bourgogne, flottait tel un vaisseau sur la mer. Estampe fabuleuse. Mais en ce matin de mai, une douce tiédeur en parcourait les ruelles montantes qui promettait des heures charmantes. Et là-haut, à l'achèvement de la rue principale, une lumière indéfinissable faisait mystérieusement s'animer le tympan de la basilique.

Une cinquantaine d'intimes entourait Irene et Jean, cohorte fièrement septentrionale, à la phonation rugueuse et à la joie sonore. Parmi eux, nos parents et nos frère et sœurs. Une gageure, presque un miracle.

Il y avait des mois, plusieurs années même, que les miens n'avaient pas été rassemblés. Plusieurs années que l'habitude de se voir s'était perdue, le désir étiolé, l'affaire de la Fondation finissant de dégrader des relations devenues incommodantes.

Père et Mère s'en formalisaient-ils ? Disons que leurs innombrables occupations les détournaient d'éventuelles afflictions. Ils demeuraient de toute façon persuadés d'avoir fait les bons choix, que leurs enfants finiraient tôt ou tard par en convenir à leur tour. Le temps ferait son œuvre. En attendant, l'un suffisait à l'autre, et sans que les ponts fussent totalement coupés, ils laissaient s'installer une sorte de distance familiale. Ils retournèrent à Hilversum fêter leur anniversaire de mariage, mais ne convièrent que la société de leurs amis. Mes frère et sœurs s'en émurent à peine, résolus à ne plus s'étonner, à ne plus se fâcher de ces décisions oublieuses. Ainsi gardaient-ils autant que possible l'esprit et le cœur en paix.

Il leur avait fallu bel et bien accepter, il leur avait fallu s'y faire. S'accoutumer à un quotidien qui eût pu être plus facile avec d'autres moyens, à une existence sans luxe aucun. Trois repas par jour, mais un confort tout relatif, pas de domesticité et si peu de voyages. Ils se souvenaient de jours meilleurs, de commencements plus fastes, et au fond, y voyaient une manière de déclassement.

Les héritages de nos grands-parents leur avaient été confisqués pour soi-disant servir la cause de l'art. Admettons. Mais alors qu'on ne leur parlât plus de ces feuilles piquées, de ces vieilles toiles, de ces livres empoussiérés. Aussi rares et admirables fussent-ils, ils les auraient à jamais en grippe. Et finalement, si Père et Mère déploraient le manque d'intérêt de leurs enfants pour la collection, ils réussirent à les en dégoûter tout à fait.

Entre ma fratrie, les relations s'étaient également dévaluées. Chacun avait reçu la création de la Fondation avec son affectivité propre, en avait conçu plus ou moins de douleur, de rancœur. Ce que les uns parvenaient tant bien que mal à admettre, les autres refusaient de le pardonner. On croyait adoucir ses sentiments en les taisant, et même en ne s'en voulant pas vraiment, on avait fini par ne plus se parler du tout.

Pourtant, pour Irene, Jaap fit le voyage d'Angleterre, Claar et Els des États-Unis. Sans nulle hésitation. Malgré la Fondation, et bien que notre cadette restât la préférée. D'ailleurs elle allait être confortée dans ce statut en donnant à nos parents un gendre à la hauteur de leurs attentes : bien né, suffisamment ambitieux et fort courtois. Et flamand de surcroît.

Une cérémonie sobre et recueillie, un long déjeuner copieusement français, une compagnie allègre : cette journée laisserait à tous un souvenir délicieux. Le repas de noces s'achevant, les aînés sortirent fumer un cigare et contempler depuis les remparts la sereine campagne du Morvan, les plus jeunes se mirent à danser, d'autres s'éclipsèrent pour descendre dans la crypte de la basilique, s'agenouiller devant les saintes reliques de Marie-Madeleine.

Les miens se retrouvèrent autour d'Irene, sous les glycines de la terrasse du restaurant, entre eux seulement, ensemble. On parla de la Hollande, de la douceur du passé. On pensa qu'il manquait quelqu'un, qu'il n'en manquait qu'un. Le seul qui ne se marierait jamais, celui qui aurait toujours dix-sept ans. On songea que tout eut été différent si la maladie ne l'avait pas happé. On s'attrista un peu, on rit aussi, en souvenir de ce garçon dont rien n'altérait la bonne humeur. On chanta même.

Et toute amertume bue, porté par l'enjouement des circonstances, ou bien secrètement inspiré par le mystère des lieux, chacun sentit en soi quelque chose se dénouer. Un lâcher-prise inattendu, une envie d'apaisement. Puis un début d'ajustement, qui verrait bientôt poindre le retour d'une lointaine, une très lointaine concorde.

À chaque nouveau voyage, Père et Mère se disaient désormais qu'il serait peut-être le dernier. La vieillesse prenait sa part, commençait de ruiner les élans, d'endommager les mémoires. Et une sorte d'injonction pressante s'imposait à eux de remplir les jours, d'abuser du temps qui filait, d'en faire tant et plus avant qu'il ne fût trop tard.

Ils retournèrent aux États-Unis, les traversèrent de bout en bout, s'enthousiasmèrent pour San Francisco, avant de revenir dans l'Ohio où Claar les attendait. Ils voulurent revoir leur maison d'Oberlin ; ils voulurent aussi revoir New York, ses musées et ses fondations, et y pousser la porte de la galerie Knoedler, sans risquer cette fois d'y croiser Martha.

Quelques mois plus tard, et malgré la guerre froide, ils s'autorisèrent enfin le projet qu'ils ajournaient depuis des années : découvrir le musée de l'Ermitage, dont ils savaient la collection de peintures hollandaises exceptionnelle. Père n'entendait pas mourir sans avoir pu admirer *Flora*, le portrait auquel Saskia, l'épouse tant aimée de Rembrandt, donnait ses traits, ornementée d'une luxuriante coiffe végétale, d'un somptueux costume oriental, l'un de ses chefs-d'œuvre de jeunesse peint au temps du grand bonheur. Acquis par Catherine II, il n'avait jamais plus quitté la Russie ni l'Union soviétique.

Puis, toujours acharnés à ne rien laisser perdre, ils programmèrent d'aller passer le printemps à Glion, ascensionner quelques raidillons, s'abreuver d'air pur, et revoir les pentes blanchir sous l'éclosion magique des narcisses sauvages. Mais une invitation les obligea à reporter leur départ : le général de Gaulle et Madame les priaient de venir partager leur petit déjeuner.

Qu'on ne s'y trompe pas, il en fallait davantage pour les intimider. Nos parents avaient suffisamment de distinction, et j'ajouterais de hauteur, pour que cela ne les impressionnât pas. Ils avaient reçu le président Coty, et le prince Bernhardt était presque un intime. Ils acceptèrent donc par politesse, se rendirent à l'Élysée en voisins, à pied depuis chez eux, pas plus endimanchés que d'habitude, et franchirent très naturellement le porche du 55 rue du faubourg Saint-Honoré.

Mais ils en ressortirent déçus. Père espérait parler d'art et comprit très vite que le général n'y connaissait rien. La culture, c'était l'affaire de Malraux. S'il évoqua le succès de l'exposition consacrée à la vie quotidienne au Siècle d'or montée pour célébrer le dixième anniversaire de l'Institut – délocalisée au musée des Arts décoratifs tant on avait vu grand –, ils sentirent bien qu'il se contentait de restituer des informations préparées par un collaborateur. Non, la seule chose qui le préoccupait était la situation politique aux Pays-Bas. Beatrix, la princesse héritière, venait d'épouser un petit noble allemand – vieille coutume familiale… –, lequel avait servi dans les Jeunesses hitlériennes et la Wehrmacht. Vingt ans seulement après la fin de l'Occupation, ses futurs sujets ne l'acceptaient pas ; les émeutes s'étaient multipliées et les protestations n'en finissaient plus. Entre le café au lait et les tartines à la confiture de prunes de Colombey, Madame de Gaulle se fit confirmer que les jeunes gens avaient vécu ensemble plusieurs années avant leur mariage, ce qui l'offusquait bien davantage que le passé sulfureux du prince Claus, tandis que son mari déplorait que le gouvernement néerlandais fût incapable de maintenir l'ordre, raillait en faisant des moulinets de ses grands bras une société où tout était permis et les mœurs d'évidence dépravées.

Aussi, quand quelques semaines plus tard Paris fut mise sens dessus dessous par les étudiants, la France totalement bloquée par une grève générale, les cantonnant en Suisse jusqu'à l'été et leur faisant manquer le quatre-vingt-dixième anniversaire du cher Lucien Hutteau, nos parents se dirent que de Gaulle eut été mieux inspiré en s'occupant de ses affaires.

Cet été fut leur dernier.

Il n'y aurait plus de petit déjeuner présidentiel ni de vacances helvètes pour Frits et Jacoba Lugt, de vente aux enchères ni de vernissage. Car Mère fit un infarctus. Elle sentit soudainement son thorax se contracter, une douleur intense lui barrer la poitrine, se diffuser dans ses bras, remonter dans sa gorge. Le docteur n'arriva pas suffisamment vite place du Palais Bourbon pour empêcher l'irrémédiable. Ce serait son tour de ne plus marcher, à elle de devenir dépendante.

Claar quitta immédiatement son Ohio pour Paris. En dépit de l'état dans lequel l'attaque la laissait, il ne fut pas question d'hospitaliser Mère dans un établissement spécialisé. Personne n'y consentit. Surtout pas Père. On s'arrangerait en famille, on s'épaulerait.

Il annula ses voyages, ne se permit plus le moindre déplacement. Sans Mère, il n'y eut trouvé aucune joie. Et puis ils avaient besoin l'un de l'autre. Il limita même sa présence à l'Hôtel Turgot. Dès lors il passerait son temps à travailler sur le bureau de leur chambre, le petit bonheur-du-jour Transition sous lequel ses vieilles jambes raides ne trouvaient pas leur place, pour rester au plus près d'elle. Tant qu'elle était là, elle continuerait de le guider, de l'inspirer, fût-elle silencieuse. C'est dans cette chambre qu'il écrivit le catalogue de l'exposition dont le Louvre l'avait chargé pour le tricentenaire de la mort de Rembrandt. Dans cette chambre aussi qu'il finalisa le dernier volume de son *Inventaire général des dessins des écoles du Nord,* achevant quarante ans de travail.

Mère dormait beaucoup, ne mangeait plus guère, s'affaiblissait de jour en jour. Mais elle entendait tout ce que Père lui disait, et même les yeux clos, lui souriait avec douceur.

Lui la regardait dans sa somnolence, soignée toujours, élégante encore, parée de ses chemises de nuit à dentelles boutonnées jusqu'au menton, ses cheveux blancs retenus en chignon. Il devinait ses jambes sous les draps, ses longues jambes qui s'étaient tant de fois mêlées aux siennes dans le secret pudique de leurs nuits, songeait à son beau corps de femme qu'il avait été le seul à connaître et à aimer. Ils étaient deux vieillards à présent, que la mort voulait séparer.

Pour se jouer du sort, Père décida qu'il fêterait tout de même ses quatre-vingt-cinq ans. Il veilla à faire venir mon frère et mes deux autres sœurs, et personne ne manqua à l'appel. On déjeuna entre soi, sans quitter l'appartement ; on fit un peu semblant d'être gai. Une fois encore. Une dernière fois.

Mère s'éteignit quelques jours plus tard.

Père se rendait rive droite, chez l'antiquaire Salomon Stodel qui voulait lui présenter une « petite merveille », lorsque son cœur a lâché à son tour, trois cent soixante-trois jours après Mère.

Une année ou presque qu'il apprenait à croiser le fer avec lui-même.

Outre les accablements du grand âge, qu'il lui sembla recevoir d'un coup tant jusqu'alors il y prêtait peu attention, dès Mère partie, il observa en lui des perceptions inconnues, avisa le découragement, découvrit l'angoisse. À croire qu'elle l'en avait toute sa vie protégé.

Les premières semaines, le vide gigantesque qu'elle laissait, et au-dessus duquel il ne cessait de se pencher, l'attirait autant qu'il lui inspirait un vertige insoutenable. Sensible, il savait l'être depuis toujours ; il avait même fait de sa sensibilité sa vocation. Mais cette fois il était question d'autre chose. Cette fois il était question d'une douleur, d'un déchirement proche du dérèglement.

Son chagrin le cueillait avant l'aube, lui refusait davantage le répit du sommeil. Il lui imposait la souffrance d'innombrables souvenirs, la brutalité de l'irrémissible. Diabolique, il montrait aussi à Père qu'il pourrait continuer de vivre avec To, de la garder à ses côtés, à tout instant, par la seule puissance de sa pensée. Ce serait simple, au fond. Mais ce serait prendre le risque de déraisonner tôt ou tard. La sénescence lui réserverait peut-être quelques mauvais tours. Il pourrait aussi y prendre goût, sous prétexte de fidélité, de loyauté, et par faiblesse.

Père songeait souvent à Opa Lugt, qui sitôt veuf s'était remarié. À Opa Klever, qui avait cru repousser son désarroi de vieillir et probablement son effroi de mourir en s'attachant à une jeune femme. Il y songeait en vérité avec une nouvelle indulgence. Cela pourtant n'arriverait pas. Personne jamais ne remplacerait To. Quant à la mort…

Alors, pour se dérober au chagrin, il se levait, se préparait, descendait par l'escalier les quatre étages de l'immeuble et sortait sur la place du Palais Bourbon où le saisissait l'air vif du matin.

Tantôt il partait à droite, vers les quais, marchait jusqu'à l'ancienne gare d'Orsay, tantôt à gauche, remontait la rue de Bourgogne, tournait à l'angle du musée Rodin. Le mouvement l'a toujours aidé à prendre le dessus sur ses inquiétudes. Il fallait ne pas se laisser faire. Il fallait agir, avec courage, pour rester maître de soi. Et nourrir des projets. Écrire un autre catalogue, établir un énième inventaire, imaginer la prochaine exposition. Il fallait s'assurer que tout soit en ordre pour le jour où il partirait lui aussi, pour que la collection leur demeure et perdure, et s'enrichisse, sans fin possible. Il fallait se dire surtout qu'il y avait encore, à Paris ou ailleurs, un dessin, une gravure, une peinture, qui ne demandait qu'à affoler son pouls.

Père est mort cet après-midi.

Il n'aura pas su quelle merveille l'attendait chez Salomon Stodel, mais nul doute qu'il s'y rendait le cœur détaché et content, l'esprit délivré de toute préoccupation. Son empressement en avait repoussé les tourments, congédié les intrus, y compris les plus douloureux. La Fondation et l'Institut, la maison du Vivier et Rustenhoven, même mon frère et mes sœurs, même moi, dont la survivance eut changé tant de choses, même Mère.

Nul doute qu'il s'y rendait corps et âme tendus vers la seule hypothèse d'y pouvoir faire une grande rencontre, peut-être la plus belle de toutes. Et jusqu'au bord de sa vie porté par une quête, sa quête, et l'espérance d'une émotion inimaginée.

Remerciements

Ce livre est un roman.

La vie authentique de Frederik Johannes Lugt (1884-1970) est racontée par l'historien de l'art et ancien conservateur du Rijksmuseum d'Amsterdam J.F. Heijbroek dans *Frits Lugt – Living for Art* (Fondation Custodia – Uitgeverij Thoth, 2010).

Qu'il soit ici remercié d'avoir été la source de mon inspiration.

Collection "1er mille"

Jérôme d'Astier,
Le Désordre, 2000 ;
Bain de minuit, 2001 ;
Dans une ville étrangère, 2016 ;
Tendre Hiver, 2023.

Nathalie Aumont,
Consolation, 2013.

Cécile Beauvoir,
Louise Lullin, 2003 ;
Le Chemisier, 2004 ;
Avec toi, 2005.

Gisèle Berkman,
Madame, 2021.

Alain Bertrand,
La Lumière des polders, 2003.

Christian Birgin,
La Mort de Pouchkine, 2000.

Rodolphe Blavy,
Le Pardon, 2015.

Sylvie Bocqui,
Une saison, 2013 ;
Ce genre de fille, 2018 ;
Paulownia, 2019.

Olivier Boura,
La Nuit du Rhône, 2001.

Nicolas Cano,
Bacalao, 2010.

Pascal Chapus,
Monument Valley, 2023.

Agnès Clancier,
Karina Sokolova, 2014.

Myriam Cohen-Welgryn,
La Petite Dernière, 1999 ;
Mères, 2001.

Philippe Comar,
Les Dunes d'Ambleteuse, 2004.

Geneviève Damas,
Histoire d'un bonheur, 2014.

Kéthévane Davrichewy,
Tout ira bien, 2004.

Céline Debayle,
Baudelaire et Apollonie, 2019 ;
Les Grandes Poupées, 2020 ;
Sous l'aile du lion, 2023.

Alice Dekker,
Les Douces Choses, 2022.

Jean-François Deniau,
Le Bord des larmes, 2000.

Laura Desprein,
Braise, 2002.

Didier Duprat,
Dernières nouvelles des oubliés, 2004.

Blandine Fauré,
Faune et flore du dedans, 2018.

Christine Féret-Fleury,
Les vagues sont douces comme des tigres, 1999 ;
L'Évier, 2001 ;
Sept Péchés, 2003.

Maxence Fermine,
Neige, 1999 ;
Le Violon noir, 1999.

Florent Feyrabend,
Le Cocon, 2004.

Philippe Fréling,
Ceinture jaune, 2007.

Xavier Gardette,
Tocqueville à la plage, 2016.

Cyril Gely,
Le Dernier Thé de maître Sohô, 2024.

Hélène Gestern,
Eux sur la photo, 2011 ;
La Part du feu, 2013 ;
Portrait d'après blessure, 2014 ;
L'Odeur de la forêt, 2016 ;
Un vertige, 2017 ;
L'eau qui dort, 2018 ;
Armen, 2020 ;
555, 2022.

Xavier Girard,
Inconvénients de la perfection, 2023.

Emmanuelle Grangé,
Son absence, 2018 ;
Les Amers remarquables, 2019 ;
Les Risées du lac, 2021.

Arnaud Guillon,
Écume Palace, 2000 ;
15 août, 2002.

Karen Haddad,
Le Dernier Voyage de Salomon Martcher, 2022.

Béatrice Hammer,
Ce que je sais d'elle, 2006.

David Hennebelle
Vers la flamme, 2023.

Jean-Paul Honoré,
Pontée, 2019 ;
Un lieu de justice, 2021.

Philippe Honoré,
L'Obligation du sentiment, 2008.

Claire Huynen,
Ceci est mon corps, 2023.

Géraldine Jeffroy,
Un été à l'Islette, 2019 ;
Imaginer Calder, 2024.

Anne Kanapitsas,
L'Odeur de la menthe, 2004.

Alexandre Kauffmann,
Mauvais numéro, 2000 ;
Le Faux-Fuyant, 2003.

Marie-Hortense Lacroix,
Comme une voix lointaine, 2005.

Didier Lahais,
Lettre à Jean, 2002.

Hélène Lanscotte,
Fringales, 2020.

Élisabeth Laureau-Daull,
Le Syndrome de glissement, 2012.

Hélène Le Chatelier,
Dernière adresse, 2009.

Pierre Le Coz,
Plein sud, 2001.

Antoine Marcel,
Carnet chinois, 2002.

Jean-François Merle,
Le Grand Écrivain, 2018.

Véronique Merlier,
L'Angle mort, 2012.

Céline Milliat-Baumgartner,
Les Bijoux de pacotille, 2015.

Marc Molk,
Pertes humaines, 2006.

Jean-Claude Mourlevat,
Je voudrais rentrer à la maison, 2002.

Karine Naouri,
Le jeu des Rois, 2000.

Éric Pelsy,
L'Été de Rico, 2003.

Christophe Perrier,
Harmonie des vents contraires, 2019.

Emmanuel Pernoud,
Le Red Boy, 2016.

Françoise Pirart,
La Nuit de Sala, 2006.

Jean-Marie Planes,
Le Chemin de Macau, 2017 ;
Une vie de soleil, 2019.

Emmanuel Pons,
Je viens de tuer ma femme, 2006 ;
Ma mère à l'origine, 2007.

Laure Protat,
L'Indifférent, 2014.

Flore Quaquin,
Racailles, 2003.

Anne Révah,
Manhattan, 2009 ;
Pôles magnétiques, 2012.

Michel Robert,
La Grosse Marfa, 2001.

Philip Rohr,
Vie sauvage, 2003.

Frédéric Rossignol,
Johnny Johnny, 2024.

Danièle Roth,
La Mouette juive, 2003.

Eliane Saliba Garillon,
Le Journal impubliable de George Pearl, 2015.

Fanny Saintenoy,
Les Clés du couloir, 2023.

Joëlle de Sermet,
La Note rouge, 2005.

Marie Sizun,
Le Père de la petite, 2005 ;
La Femme de l'Allemand, 2007 ;
Jeux croisés, 2008 ;
Plage, 2010 ;
Un léger déplacement, 2012 ;
Un jour par la forêt, 2013 ;
La Maison-guerre, 2015 ;
La Gouvernante suédoise, 2016 ;
Les Sœurs aux yeux bleus, 2019 ;
Ne quittez pas !, 2020 ;
La Maison de Bretagne, 2021 ;
Les Petits Personnages, 2023 ;
10, villa Gagliardini, 2024.

Laurence Tardieu,
Comme un père, 2002 ;
Le Jugement de Léa, 2004.

Richard Torrielli,
L'Anesthésiste, 2016 ;
La Fugue, 2021.

Frédéric Touchard,
Nu rouge, 2011.

Fabienne Valière,
Morte, 2011.

Anthony van den Bossche
Performance, 2017.

Hélène Veyssier,
Jardin d'été, 2019 ;
Comme une ombre portée, 2020.

Jean-Daniel Verhaeghe,
Le Jeu de l'absence, 2012.

Christine Vigneron,
Le Cheval de nuit, 2006 ;
Jean est là-bas, 2010 ;
Vous seriez ce garçon, 2015.

Sylvie Wojcik,
Les Narcisses blancs, 2021 ;
Les Dernières Volontés de Heather McFerguson, 2023.

Ramy Zein,
Partage de l'infini, 2005 ;
Les Ruines du Ciel, 2008 ;
La Levée des couleurs, 2011.

ACHEVÉ D'IMPRIMER
EN JUILLET 2024
SUR LES PRESSES DE
LA NOUVELLE IMPRIMERIE
LABALLERY À CLAMECY
NIÈVRE

Maquette : Audrey Charbonnier

Numéro d'édition : 1386
Numéro d'impression : 407422
Dépôt légal : octobre 2024
Imprimé en France